新潮文庫

薔薇盗人

浅田次郎著

UN262956

目次

薔薇盗人

あじさい心中

1

茶を淹《い》れたあとも、仲居は立ち去ろうとはせずにどうでもいい時候の話を始めた。心付けを待っているのだなと気づいたとたん、北村はむしろ頑《かたく》なになった。

「景気が悪いのは長梅雨《ながつゆ》のせいじゃないだろう」

邪慳《じゃけん》に言って競馬新聞を拡《ひろ》げても仲居は怯《ひる》まない。

「それはまあ、そうですけど。みちみちごらんになりましたでしょう。半分ぐらいの旅館が閉めちゃって、それも大きい順にだめになるもんだから」

「日本中どこも似たようなものさ。熱海だって伊東だって、ゴースト・タウンみたいだよ」

「へえ……そうですか。ここだけかと思った。私ら温泉旅行なんて行きませんからねえ」

東北弁と上州弁の入り混じったような、尻上《しりあ》がりの訛《なまり》が鬱陶《うっとう》しい。競馬場にいたときからずっと、媚《こ》びるような粘りつくようなこの地方の方言が、耳ざわりで仕方なかった。

「ローカルの開催中は客もくるだろう」

「いえいえ、それは昔の話でね。近ごろはみなさん日帰りか、便利のいい市内のホテルにお泊りになるんです」

「ローカル競馬に温泉はつきものだと思ったんだが、そうでもないか」

「ですから、新幹線が通ったとたんにぱったり。一時間ちょっとしかかからないから、お泊りになる必要なんかないんですよ」

「かえって裏目に出たか」

「期待してたんですけどねえ。高速道路にしたって、ほら、すぐそこにインターができちゃったでしょう」

「けっこうなことじゃないか」

「それが、やっぱり便利すぎちゃって、みなさん素通りして山形のほうへ行っちゃうみたいなんです」

妙な理由づけだと、北村は腹立たしくなった。どう考えても温泉街の没落は不景気のせいで、ほかに具体的な原因を上げるとするならば、職場の団体旅行という慣習がすたれてしまったことと、海外旅行が身近になったせいだろう。新幹線や高速道路の罪にするのは素直ではない。

「ご成績はいかがでした？」

「さんざんだよ。顔色を見ればわかるだろう」

北村は新聞を畳んで、仲居を睨《にら》みつけた。いいかげんにしろ、と言ったつもりが、意は通じぬらしい。

「つまり、仲居さんも大変だってわけだ」

「ええ、そりゃもう。よそに流れて行ける人はいいけど、私みたいに地元の者はね。何とか続いている旅館に頭下げて雇ってもらわなけりゃならないから」

「それは大変だ。お給料なんかもそのつど下がるというわけだな」

「そうそう。お客さん、よくわかってらっしゃる。幼なじみの女将《おかみ》なんかに頼みこむんですけど、今までみたいなお給料は出せないよ、って言われます。でも、仕方ないでしょう。お膳《ぜん》の上げ下げしか知らないんですから。それも一ぺんだけならいいですよ。私なんかこの三年で四軒目ですからね」

「いいかげん見切りをつけたらどうだね。この有様を見れば、五軒目は無理だろう」

「いえ、ここは大丈夫。不景気になってから改装したのも、ここ一軒きりなんです」

苛立《いらだ》ちながらも、仲居の話は北村の身に応《こた》えた。思いついたふりを装《よそお》って財布から五千円札を抜き出し、仲居に差し出す。

「裸で悪いけど」

「あら、こんなにたくさん。よろしいんですか」

「余計なことだけど、みんなで分けるのはやめなさい。ケチなお客ってことで、いいじゃないか」

仲居はすまなそうに頭を下げて、金を懐《ふところ》に収《しま》った。

ふらりとローカル競馬場にやってきて、大金を遣い果たしてしまった。今となっては五千円の心付けも大盤ぶるまいにはちがいない。

北村は立ち上がって窓辺に寄り、カーテンを開けた。

「まだ明るいじゃないか」

「あんまりいい景色じゃないんで、お見せしないほうがいいかと思いまして」

「なるほど、これは見ないほうがいいね」

渓谷の対岸に並ぶ宿はどれも鉄筋の立派な造りだが、幽霊屋敷のように荒れ果てている。窓まどに引かれたカーテンはところどころがちぎれており、ガラスの割れたまま川風にたなびいているものもあった。屋上やバルコニーには雑草が萌《も》えている。

「町なかの宿は虫食いみたいにつぶれているからそうは目立たないんですけど、お向かいは軒並みですから。川上の龍園閣さんが閉めたら、半年ごとに一軒ずつ」

「ドミノだね、まるで」

「お隣りがつぶれると、様子が悪くなっちゃうんですよ。どんよりとして。それに、旦那さんや女将さんも、弱気になるらしくって」

茶をさし替えると、仲居は通りいっぺんに非常口のありかを説明して、ようやく立ち上がった。

「降るなら降るで、はっきりすればいいんですけど」

「仕方ないだろう。梅雨なんだから」

「お夕食はすぐにお出ししてもよろしいですか。仕度はできてますが」

「部屋で食べるのかね」

「そりゃもう――」

言いかけて、仲居は喧《けたたま》しく笑った。

「お客さん、二組だけなんですよ」

饒舌《じょうぜつ》な仲居が去ってしまうと、北村は客も役者もいない書割《かきわり》ばかりの舞台の上に、ぽつんと取り残されたような気分になった。

小雨に煙る窓外の景色は見るだに憂鬱だが、一種の奇観にはちがいない。荒廃した四軒のホテルはどれも七、八階建ての大きな建物である。山側にも部屋はあるだろうから、それぞれ百室はくだるまい。独立した企業だと考えれば、廃業はひとつの事件である。仲居の言う「お膳の上げ下げしか知らぬ」大勢の従業員たちは、どこへ消えてしまったのだろうか。

さんざんに負けた競馬場の帰りみち、温泉に寄って行こうと考えたのはまったくの思いつきだった。いや、ローカル競馬場にはるばる遠征したことも、実は思いつきなのだ。

場外馬券売場に行くつもりで新宿まで出たとたん、ふと思いついて埼京線に乗り換えてしまった。大宮からローカル開催地まではわずか一時間である。せっかく朝早くから勝負をかけるつもりで大金を持って出たのだから、競馬場に行こうと思った。

思いつきであったにせよ、不合理は何もない。馬券を買う予定の大金に比べれば、新幹線の代金などたかだかの額にはちがいなかった。

こんなことならば、はなからきちんと計画を立て、女房でも連れてくればよかったと北村は悔いた。

あわてることなど何もないのだ。毎日が日曜日だと高をくっていても、向こう一年や二年は食いしのげる。

2

リストラという言葉は、ただの流行語だと思っていた。だから外国の民族紛争や縁のない株価の動向のように、聞き流していた。

大手出版社の写真室に二十何年も勤務して、自分の人生を読み切ってしまっていた。カメラマンという特殊な職業は、出世欲を抱く必要もなかったし、写真室長という肩書きはいわば「上がり」である。定年までの残る十数年はこの役職のまま、若い部下たちを束《たば》ねて行く。そのほかの可能性は何ひとつ考えていなかった。

三月の役員人事で取締役に抜擢《ばってき》された同期生から、久しぶりで一杯やろうかと誘われたときも、何ひとつ不審には思わなかった。

「——なあ北さん。六月から俺の下にこないか」

グラスをくわえながら高野はさりげなく言った。むろん、冗談だと思った。高野は同期の出世頭だが、気の置けぬ仲だった。

「販売部にカメラマンを雇ってどうするんだ」

「飲み友達が欲しいだけさ。接待の酒ばかり飲んでいたんじゃ体がもたない。悪いようにはしないよ。販売のノウハウを一から勉強しろなんて、そんな切ないことは言わない」

話しながら、高野は真顔になった。

グラスを一息に干すと、胃袋が締め上げられるような気がし、体じゅうから精気が抜けてしまった。

これは、リストラだ。

「俺は、写真のことしか知らない。ほかの社員と一緒くたにするな。職人だぜ」

「そうは言ったって、社員にはちがいないんだから仕方ないだろう。不況を乗り切るための社の方針としてはだね、他の部署の余力を営業と販売とに回して、売上の低迷に歯止めをかける」

「だったら若い者を使えよ。専門学校を出たというだけで、満足な写真の撮れないやつはいくらでもいる」

「あのなあ、北さん——」

高野は口を噤《つぐ》んでしまった。はっきりとは言えないがわかってくれ、と高野の目は言っていた。

わかっている。人事はすでに内定しているのだろう。そして会社の目論見《もくろみ》は、自分が人事に従うのではなく、いくばくかの退職金を受け取って退社することだ。

「たしかに、金食い虫だよな。カメラマンのくせに、おまえと似たような給料を取っている。個人の生産性は何もない。しかも、俺のかわりはいくらでもいるというわけだ」

「身も蓋《ふた》もない言い方はよせ」

「だったら、クビだと言えばいいだろう。面倒くさいまねしやがって。組合が怖いのか、おまえら」

高野の情はわかっていた。好景気の時代にはね上がった年収は二千万に近い。この収入を捨ててはならないと、高野は会社の暗い意思に反して言ってくれているのだ。

「課長の席は用意するよ」

「ばか言え。専門職の若い連中の上にカメラマンが横すべりしてきて、販売第三課長でございますか。そんな事態はな、上の連中はこれっぽっちも想定しちゃいないんだ」

ふと北村は、慣れぬネクタイを締め、満員電車に揺られて午前九時に出社する自分の姿を仮想した。たしかに、お偉方は誰も想定しない現実だ。

「おまえ、あんがいいい奴《やつ》だな。俺がおまえの提案に従ったとしたら、一番困るのはおまえ自身だろうに」

「俺の提案じゃない。人事だ」

「だからさ、人事だと開き直って俺を抱えこんだら、困るのはおまえだろうよ。上からも下からも、バッカじゃねえかって言われる」

「カミさんと、相談してみてくれ」

「そんなこと、聞くだけ野暮だろう。四十七にもなって会社からほっぽり出されたら、どうやって食って行く。家のローンもしこたま残ってるし、子供は大学生を頭に三人だぜ」

「だから、ここは踏みとどまれ。はたから何を言われたって、誰に迷惑をかけたってかまわんだろう」

高野は懸命に説得を始めた。どう考えても、彼の利益は何もなかった。説得の根拠が友情だけであると確信するほどに、北村は意固地《いこじ》になった。

——その一夜がなかったならば、むしろしごく良識的な判断から、会社にとどまったと思う。仮にそれが社の意思とはうらはらな結論であっても、生活のためにそうしただろう。

　妻には何の相談もしなかった。内示を受け取るより先に辞職願を書き、上司の出版局長と儀式のようなやりとり——意志表示と慰留の短い応酬をしたあとで、わずか三日後には退職が決まった。

「リストラされちゃったよ」と、家族には唐突な宣言をした。妻も子供らも箸《はし》の動きを止め、食卓は魔物が降り落ちたように凍えついてしまった。

「まあ、フリーカメラマンというのも悪くはないな。肩書きにしたって、格好がいい」

　沈黙の中で、咀嚼《そしやく》を始めたのは大学生の長男だった。

「フリーカメラマンって、おやじにそんな才能あるのかよ。食えるんだったら、とっくにそうなっているんじゃないのか」

　母や娘たちよりも大人しい性格の長男が、的を射た詰《なじ》り方をしたのには愕《おどろ》いた。頼もしく思う反面、諫言《かんげん》は身に応《こた》えた。

　カメラマンとして採用された社員が、定年まで勤めおえるのはむしろ異例といえる。

ほとんどは入社当初からいずれフリーカメラマンになることを志し、実力と人脈を蓄え、やがて夢を実現する。

自分の凡庸さは専門学校の学生時代からよくわかっていた。出版社に就職できたのも、亡父の縁故である。先輩のカメラマンたちがみな夢を叶《かな》えて独立して行けば、特別の才能がなくとも、彼ら以上の豊かな生活は送れると思い、事実その通りの人生を過ごしてきた。

「手に職があるっていうのは、いいことですけどねえ――」

言葉がつながらずに、妻は席を立ってしまった。その職を奪われてしまえば、ふつうの人間にも及ばないのだと、水を使う妻の後ろ姿が言っているように思えた。カメラマンとしての技術の程度は知らないだろうが、少くともフリーになってやって行ける性格ではないことを、妻は知っている。

金勘定にはからきし疎《うと》い。電車やバスに乗るという習慣もない。ネクタイを締めるのは葬式の喪服だけで、毎朝髯《ひげ》をあたることもない。何よりも、人と交わることの嫌いな偏屈《へんくつ》な性格だ。

「仕事なら、局長が回してくれるよ。どうせ写真室をリストラして、その分の仕事はフリーカメラマンに外注するんだから」

「でも、契約しているフリーの人だって大勢いるんでしょう。今までその人たちにあなたが注文していた仕事を、あなた自身が横取りすることになるんじゃないの」

妻の懸念《けねん》はまったくその通りである。この数年で採算の取れない雑誌はいくつも廃刊になり、フリーカメラマンの受注は激減していた。そのあたりの裁量が北村の主な仕事でもあったのだから、会社を辞めたとたんに彼らの仕事を横取りすることなどできるはずはなかった。

もし会社にそうするだけの配慮があったのなら、局長も高野も後任の写真室長も、フリーになれと勧めたはずである。後の身の振り方について誰も口にしようとしなかったのは、新しいフリーカメラマンに発注する仕事などないからなのだ。

「おとうさん、カメラマンなの？」

と、中学生の末娘が訊《たず》ねた。

「何だよ。知らなかったのか」

「ふつうのサラリーマンだと思ってた。私、写真を撮ってもらったこともないもの」

「私はあるよ。ね、おとうさん」

と、高校生の姉が北村をかばった。

「私のちっちゃいころは、いつもカメラと三脚を持って会社に行ってたよ。偉くなったから写真を撮らなくなっただけ」

「じゃあ、もう忘れちゃってるかもしれない」

末娘は不安げに北村を見つめた。

「大丈夫だよ。頭で覚えたことはどんどん忘れちゃうけど、体で覚えたことは忘れないんだ。今でもちゃんと撮れる」

「じゃあ、おとうさんのお仕事を訊《き》かれたら、カメラマンですって言っていいのね。格好いいじゃない、それ」

妻も子供らも、仕事のことはそれきり話題にしなくなった。

焦《あせ》る必要はないのだ。退職金は年収に毛の生えた程度だったが、多少の蓄えはあるし、一年や二年は食いしのげる。

しかし退社してからの無聊《ぶりよう》な三ヵ月の間に、収入に結びつく話は何ひとつとしてまとまらなかった。仕事らしいことといえば、最新式のカメラと、必要な器材を購入しただけだ。

それらにしたところで、コンピュータを内蔵したオート・フォーカスを使いこなす自信はなく、結局は長いこと使っていなかったニコンのマニュアル機をオーバーホールに出した。

現場を離れて写真室長になってから十年近くもの間に、北村はカメラマンという職すら捨てて、ひとりの写真編集者になっていたのだった。

そのことはおそらく誰もが知っているはずだった。局長も高野も、部下たちも、フリーカメラマンたちも。

職業安定所と競馬場に通ううち、三ヵ月は無為《むい》に過ぎて行った。

3

「ねえ、お客さん。ステージがはねたら、飲みに行こうか」

花道に寝そべったまま、踊子が囁《ささや》いた。

「飲むだけか？」

「こんなばあさんを抱く気があるのなら、それでもいいけどさ」

北村は客席を振り返った。浴衣《ゆかた》がけの何人かの客がいたはずなのだが、いつの間にか姿が見えなくなっていた。

「あれ、俺ひとりか」

「女連れの団体客なんてさ、長く見てるわけないじゃないの。ＯＬにしてみりゃとんだセクハラだわよ。ワー、きれい、とか何とか言っちゃって、すぐに出てっちまう。男たちだってストリップを見にきてるんじゃないのさ。何かこう、いやらしいムードを作っておいてね、女たちをどうにかしちまおうって」

「考えすぎだろ、それは」

「社員旅行でできちまうのって多いんだよ。経験ないの？」

テープが回り出すと、うら悲しい女性ボーカルのジャズに合わせて、踊子はどうでも良い踊りを始めた。これで何曲目になるのだろうか。ひどく退屈だが、客が一人きりでは席を立つにも気が引ける。

夕食のあとでぶらりと町に出てみたはよいものの、開いている店といえばとうてい入る気にはなれぬ、怪しげな酒場ばかりだった。

客引きに懇願されて、いかにも「小屋」という感じのストリップ劇場に入った。

踊子は温泉街に似合いの年増だが、肌と体は美しい。ぼんやりとステージを見上げながら、三千円の入場料はあながち高くはないなと、北村は思った。

「タッちゃあん、ボリウム下げてよ。頭痛くなる」

踊りながら女が言うと、たしかに耳ざわりな音楽のボリウムは急に下がった。

痩《や》せてもおらず、肥えてもおらず、身長もころあいで圧倒するほどではない。一昔前の女の体が、おしきせの科《しな》を作りながら花道を歩いてくる。

「ねえ、飲みに行こうよ。退屈でしょ」

「ゾロゾロついてくるんじゃないだろうな」

照明に向けて拇指《おやゆび》を立てると、踊子は声を立てて笑った。

「タッちゃん、八十だもんね。照明が動かなかったりすると、死んじまったんじゃないかと思うわ。いちおうここの小屋主だけどね、ギャラよこせっていうと、死んだふりするのよ」

踊子はまた花道に寝そべって、脚だけを上げ下げしながら話しこんでしまった。

「表の客引き兼モギリのおにいちゃんはね、旅館の番頭だったんだけどさ、酒飲むとすぐやらせろって言うのよ。いくら何だってそこまで安かないわ」

「話はいいから、脱いでくれよ」

はいはい、と女は面倒くさそうに言って、大時代なラメの衣裳《いしょう》を、まるで下着でも脱ぐように剝《む》き始めた。

「なんだ、色気がないな」

「お客と二人きりじゃ恥ずかしいわ。わからないでしょ、この気持。さっきからものすごく恥ずかしいのよ」

「ほかの踊子さんは？」

「いたら出てくるわよ。みんなどこかへ流れてったわ。若い子はいいわよねえ、多少へちゃむくれでも何とかなる」

音楽がとぎれると、小屋の中は壺《つぼ》の底のように静まり返った。水音が耳に迫る。雨足が繁《しげ》くなったのだろうか。

ピンク色のスポットライトの輪の中で、踊子は丸裸のまま膝《ひざ》を抱えていた。

ふいに、小屋主らしい老人の声がスピーカーから流れた。

「はァい、ではいよいよこれより本日のスペッシャルサービス、本番生板ショーのはじまりはじまり。当館のスター、花園リリィさんのお相手をご希望のお客さん、どぞその場にお立ち下さい。ジャンケンの勝ち残り三名様、後出し厳禁、早出し歓迎、よござい ますね、勝っても負けても恨みっこなしですよ。ハイ、ジャンケン、ポン！」

ライトに目を細めて重い溜息《ためいき》を洩《も》らすと、踊子は長い髪をかき上げた。

「ちょいとォ、タッちゃん。客席見てんの、あんた」

塵《ちり》の舞い上がる光の帯の奥から、力のない老人の声が聴こえた。

「なあんだ。お一人さんか」

「毎度のことじゃないの。何が勝ち残り三名様だい。お客の頭数ぐらい勘定しな」

「なら手間が省けていいや。お客さん、ステージに上がって。いまマット出すから」

「ちょっと、冗談やめてよタッちゃん。まったく、恥ずかしいったらありゃしない。やめやめ、あたしこのお客さんと飲みに行くからね」

「そりゃあんまり勝手だろ。お客さん、遠慮しなくていいよ」

やめとくよ、と北村は振り向きもせずに答えた。

「そうかね。すまんねえ、何だか。それじゃ、写真やるか、写真」

スポットライトの輪の中で、踊子はやれやれと溜息を洩らした。

「写真、とる？」

「何だよ、それ」

「ポラロイドでさ、ご開帳を撮るのよ。二十年も前の出し物だよね、そんなの」

「別料金だとか言い出すんじゃないだろうな」

踊子は形のよい乳をふるわせて、懸命にかぶりを振った。

「そんなアコギな真似はしないよ。オンボロ小屋とババアの踊子で申しわけないって思うから」

この小屋に邪《よこし》まな罠《わな》などあるはずのないことは初めからわかっていた。彼らは何とか三千円の入場料に見合う接待をしようとしているだけだった。

「本番やりたけりゃマット持ってくるけど、やだろ、お客さん」

杖《つえ》をついた老人が舞台の袖《そで》にポラロイドカメラを置き、愛想笑いをうかべながらドアの向こうに消えた。

「あれが、タッちゃんか」

「そう。若い時分はちょっとした顔だったらしいけど、どうだか」

「君の亭主ってわけじゃないんだろう」

「冗談やめてよ。小屋主と逃げ遅れた踊子さ。十年も一緒に暮らしてりゃ、まあ亭主とは言わんまでも父親みたいな気はするけどね」

「つまり、君が食わせてるってわけか」

「そういう話はやめようよ、お客さん。何だかみじめになる」

踊子は衣裳で体を隠しながら立ち上がると、舞台の袖からカメラを持って戻ってきた。踊りはずいぶんいいかげんだったが、恥じらう所作《しょさ》は初々《ういうい》しさすら感じさせた。

ずっしりと重い、旧式のポラロイドである。フラッシュは内蔵されているが、この暗さではよほど接写をしないとプリントにはならないだろう。もっとも、用はそれで足りるのだろうけれど。

「明りが足りないね。ライトを全部つけてくれるかな」

「どうして？　フラッシュついてるわよ」

「どうせ記念にもらえるのなら、全身を撮りたいね」

「恥ずかしいなあ、それ」

「だったら衣裳をつければいい」

「変な人だね、お客さん——タッちゃあん、電気つけて！」

壁まわりの端からひとつひとつ灯がともると、やがて場内は思いがけぬ明るさになった。

「何するんだァ、リリィ」

「お客さんが、記念写真とってくれるんだって」

衣裳をつけながら、女はふしぎそうに北村の顔を見つめた。まっすぐに人の目を見ていられるのは、長い職業のせいだろうか。ファインダーを覗《のぞ》きこみながら、この視線の作り方はファッション・モデルと同じだと北村は思った。見られることに慣れている人間は、見ることにも怯《ひる》みがない。

「ステージに上がっていいかな」

「じゃ、あたしももっと着ちゃっていいかな。顔、写すんでしょ」

女はステージのあちこちに脱ぎ散らかした衣裳をかき集めると、北村の目を避けるように恥じらいながら、黒いロングドレスを着、輪ゴムで髪を束ねた。

「どうして髪まで直すの？」

「はすっぱな感じがするでしょ。写真を持ってかれるのなら、そこいらのホステスぐらいに見えなきゃいやだわ」

髪を上げ、灯りの中に晒《さら》された女を、北村は美しいと思った。

「ポーズ、つけるの？」

「自然でいいよ。はい、そのまま。顔だけ少しこっちに」

「こう？」

シャッターを切った。

「少し俯《うつむ》いてくれるかな。横顔がきれいだから」

「こう、ですか？」

「いいね。きれいだよ。君は横顔がとてもいい。言われたことあるだろう」

「ないわよ、そんなの」

シャッターを切りながら、自分は酔っているのだろうと北村は思った。酔って騒ぐ相手がいないから、こんなことをしてはしゃいでいるのだ。

「あとで見ようね。さ、飲み行こうよ、お客さん」

シールの付いたまま、三枚のプリントをドレスの胸に収《しま》うと、踊子は立ち上がった。

妙な成り行きだが、梅雨に腐った温泉場で、ストリッパーと飲み明かすのも悪くはない。

4

あたし、いくつに見える？

――ありがと。でも、そりゃ十年前の話だわ。四十三よ、もうじき。

お肌とプロポーションは自信あるよ。気をつけてるもの。何たって商売道具ですからねえ。化粧をちょっと厚めにして、舞台の上で見たら、三十三で通ると思う。

酒場の止まり木で顔つき合わせてたらだめよ。だから、ありがと。

三十三のときは、それこそ二十歳《はたち》に見えたわ。けっこうかわいかったから。

ちょうどここに流れてきたころよね。景気はよかったし、町だってこんなじゃなかった。東北一の歓楽街っていうのがキャッチフレーズだったんだよ。

東京の小屋じゃ、アダルトビデオ出身のかわい子ちゃんが幅をきかせるようになってさ。おまけに、きのうまでOLやってたとか、現役の女子大生だなんていうのがストリッパーになるのよ。こちとらひとたまりもないやね。で、あちこち流れて、ここにたどり着いたってわけ。踊子は七人もいたのよ。そのうち外人が二人。夏競馬の時期なんか、立見まで出たんだ。

そのころにも、あたしは真打。わざわざ東京から、花園リリィを見にくるお客さんだっていたんだよ。こら笑うな。嘘《うそ》じゃないってば。

タッちゃんもしゃんとしてたしね。客引きも、もっとましなのがいたんだけど。みんなどこかへ行っちゃった。一緒に行こうって誘ってくれる子もいたんだけどね、小屋がえするのがおっくうでさ。

べつにタッちゃんに義理立てしてるわけじゃないよ。そりゃ、あたしがいなくなりゃ小屋もおしまいだけど、食わせてるつもりはない。

人情、か――そうねえ、それは多少あるかもしれない。身よりのない八十の爺《じい》さんをほっぽらかして、逃げるわけにはいかないでしょうに。殺人だよ、それって。

男？――いないよ。だいぶ前に、旅館の旦那さんと付き合ってたことがあるけど、女将《おかみ》にばれて大揉《おおも》めしたの。考えてみりゃあのときが、ここを出るチャンスだったわ。

そうこうするうちに、その旅館が先につぶれちまって、旦那も女将もどこかへ行っちゃった。

何でも埼玉のほうでスナックをやってるって噂《うわさ》だったけど、それだってもうつぶれたろう。女にだらしないからね、あの旦那。

以来、好いた惚《ほ》れたはひとつもなし。

でも、男には不自由してないの。男と女なんてさ、早い話が気持ちよくなりゃいいんだから、面倒くさい付き合いなんてすることないんだよ。

さっきの、本番生板ショーってやつ。けっこうあれで間に合っちゃったりする。あとは、ステージがはねたあと飲みに誘われたりしてね、やることやって、バイバイ。

お金はもらわないよ。それじゃ稼業《かぎよう》ちがいだろ。

あ、お客さんはちがうよ。きょうはそういうつもりじゃない。花道のかぶりつきに、ポツンと一人きりでいるんだもの。何だか悪いじゃない。

迷惑、じゃないわよね。高い花代払って、宿にコンパニオンを呼ぶよりましだろ。こんなあたしでも、酒の肴《さかな》ぐらいにはなるだろうと思ってさ。タダ酒飲ましてくれりゃいいんです。うっとうしくなったら言ってね。すぐ帰るから。

どこ泊まってるのさ。

なんだ、近いじゃないの。腰が抜けたらおぶってってやるからね。

この店は大丈夫。いくら飲んだって、一人三千円がいいとこ。ねえ、マスター。

旅館はどんどんつぶれるけど、飲み屋はあんがい平気なんだ。どうしてかわかる？　町の連中が飲みにくるから。共食いしてるようなもんだけどさ。

旅館がヒマだろ。だから、旦那さんたちや番頭たちが、夜な夜な飲みに出てくるってわけ。観光客だろうが地元の客だろうが、飲み屋にしてみりゃ同じお客さ。ツケをためたままずらかる旦那や番頭は多いらしいけど。

えっ、何よあんた、本番生板ショーを知らなかったの？

ちゃんと説明してあげればよかったわね。ごめんね。

つまりィ、ステージにマットを敷いて、お客とやるわけよ。希望者にジャンケンしてもらって、勝ち残り三名様ってやつ。スケベな男が三人いれば、そのうち一人は若くて可愛《かわい》いからね、けっこう役得よ。

でも、ああいうのって、お客さんが多ければ多いほど楽なのよ。恥ずかしくないから。十人しか入っていなくて、そのうち三人とやるっての、恥ずかしいよ。ジャンケンで負けた人に悪い気もするし。

タッちゃん、ボケてるからさ。同じ文句しか言えないんだ。だから、お客さんが三人しかいなくても、やることとやっちゃうの。

考えてみりゃ、それってただのマワシだよね。

遠慮しないよ、お客さんは。だからさっき、あんたが「やめとくよ」って言ってくれたとき、すごく嬉《うれ》しかった。ああ、こういう男もいるんだなあって思ったから。

なんだ、どういうことをするのか知らなかったんだ。

わかってたら、どうした？

へえ、ほんとかな。だったら嬉しいな。据《す》え膳《ぜん》を食わない男って、いいよね。

もうひとつ、とっても嬉しかったことがあるの。何だか、わかる？

横顔がきれいだって、言ってくれたよね。写真とりながら。あのとき、胸がいっぱいになっちゃったんだ。もちろんお世辞だろうけどさ、それでも嬉しいよ。

昔はね、踊子にお愛想を言うってのが、お客のマナーだった。「きれいだよっ」「かわいいよっ」って、客席のあちこちから声がかかったものさ。

お世辞だろうがお愛想だろうが、言われりゃいい気持になって張り切るからね。舞台の袖から見ててもわかるんだけど、そういうときの女の子って、踊りながらほんとうにきれいになってくんだ。

べつにストリッパーじゃなくても同じだよ。「きれいだよ」「かわいいよ」って言われてると、女はみんなきれいになる。かわいくなる。

あたし、ふだんはあんまり言われたことなかったんだ。男運が悪かったのかね。どいつもこいつも、やることだけやって、終わりゃすぐにタバコを喫《す》い始めるようなやつばかりだったわ。

だからステージに立つのは好きだった。「きれいだよ」「かわいいよ」って、みんなが言ってくれるから。

奥さん、いるの？ いるわよね。落ち着いた感じするもの。近ごろは結婚しない男が多いらしいけどさ、そういうのってすぐわかる。どんなに身ぎれいにしてても、どことなく浮世ばなれしてるから。

まさか奥さんにお愛想言ったりしないわよね。アメリカ人じゃないんだから。そう思うと、よけい嬉しいな。あたしだけに「きれいだよ」って言ってくれたのかと思うと。

ほんとはね、あたし、バツイチなんだ。

十七で四十の男と一緒になってさ。向こうには齢上《としうえ》の女房がいたんだけど、あたしと所帯を持ってくれたの。

けっこうまじめな寿司屋でさ。いいかげんな渡り職人とはちがうんだよ。中学出てから築地の大きな寿司屋にずっと務めてて、あたしが働いてた市場の食堂のお客だったんだよ。毎朝、若い衆と一緒に朝ごはんを食べにきたの。そのうち、日曜なんかにデートするようになってさ。あたしに下心なんて何もなかったんだよ。父親を知らなかったからね、そんなつもりだった。あっちだって子供のいないおっさんだし、お小遣くれたり、説教してくれたりしたから。

一年ぐらい何でもない関係が続いてるうちに、奥さんにばれたの。ばれて困るような関係じゃないんだけどさ、そんなお伽話《とぎばなし》みたいな男と女、誰も信じないよね。言いわけをすればするほど話がおかしくなって、おっさん、家出しちゃったのよ。で、行くとこないから、あたしのアパートに転がりこんできて、嘘がまことになっちゃったってわけ。

あれ、あたし何でこんな話してるんだろ。

悪いお酒飲んじゃったかな。ごめんね。

でも、ここまで話したら、さっぱりとご開帳しなきゃ生殺しだよね。

どこまで話したっけ――ああ、そうそう、嘘がまことになっちゃったのね。

すぐに子供ができて、おっさんものすごく喜んだ。毎晩あたしのお腹を抱いて寝てたもんね。四十にして初めての快挙だから、よっぽど嬉しかったのよ。それで、奥さんを説得してくれたってわけ。いずれ自分のお店を持つつもりでせっせと貯《た》めこんでたお金を、そっくりくれてやってね。

七月七日の七夕さまの晩に、おっさんにそっくりの男の子が生まれた、名前は彦星さまにちなんで、一彦って付けたの。何だかお坊っちゃんみてえな名前だなあって、おっさん自分で付けておいて照れてた。

その年の七夕さまは、大雨だったんだよ。ちょっと嫌な予感がした。

案の定さ。

どういう案の定か、あんたわかる？

交通事故で死んだ？ そんな当たり前のこっちゃないね。

病気？ それもちがう。三千九百グラムの健康優良児みたいな赤ん坊だった。

さてさて、つらい話のご開帳。ちょいとマスター。あんた聞かなかったことにしとくれよ。こんな話、タッちゃんだって知らないんだから。噂になったらマスターのせいだからね。もっとも——噂になるほどの話でもないか。

考えてみりゃ、こっちは親も身寄りもない十七の小娘だったんだからね。ちょろいもんさ。

クリスマスの晩のことよ。寿司屋の親方が、ケーキ持ってアパートにやってきた。

親子三人でどうやって食うんだっていうぐらい、でっかいケーキよ。

親方はおっさんが十五のときから世話になってるんだから、親がわりみたいなものよ。前の奥さんと結婚するときも、仲人《なこうど》だったんだって。

いきなり、こんなことを言い出した。

「四十男と十七の娘が幸せになろうってのは、どだい無理な相談だよ。食い物もちがうし、話す言葉だってちがうんだ。あんただって若いみそらで、ぬかみそ臭くなるのはいやだろ。どうだい、ぜんぶなかったことにしちまわねえか。悪いようにはしねえから」

ものすごく悲しかった。だって、あたしの知らぬうちに、そういうお膳立てがすっかりでき上がってたんだよ。

おっさんは奥さんとよりを戻す。子供は向こうが引き取って育てる。奥さんはお金をそっくりおっさんに返して、寿司屋を出すんだって。お店も、もう決まってたのよ。目黒の駅のそばで、あそこならまちがいはねえって、親方、自慢してた。

おっさんはその晩おそく帰ってきて、あたしに詫《わ》びたよ。

「もともと惚れた腫《は》れたってわけでもねえんだし、なりゆきでこうなっちまったんだから、なかったことにするのが一番よかろう」、ってね。

おっさんはどうか知らないけど、あたしはおっさんのこと好きだったからね。店を持って親方になるのは職人の夢だし、おっさんの齢から考えたって、ゼロからやり直すのは無理なんだろうと思った。やっぱり若い時分から貯めたあのお金を、取り返さなくちゃならないんだろうって。

好きな人のためなら、それも仕方ないって思ったの。でも、子供を取られるのはいやだったよ。

何日かして、親方がおかみさんと一緒にやってきた。町内会の役員とかPTAとか婦人団体とか、ボランティアが生きがいみたいなおしゃべりババアよ。

あたしゃ三人の子供を育てましたけどね、子育てって、あんたの考えてるほど簡単なものじゃないのよ。ふた親が命を削って、ようやっと他人様《ひと》に迷惑をかけない、ふつうの子供が育つんだ。無理なことはしなさんな。あんたはどうだって、それじゃ一彦ちゃんがかわいそうだよ。ね、よおく考えてごらん。あんたは若いんだから、ぜんぶなかったってことで、いくらでもやり直せるじゃないか。

そのとき、初めてわかったの。おっさんが奥さんと離婚したっていうのは嘘っぱちで、ずっと揉めてたんだって。もちろんあたしの籍も入ってなかったし、子供の出生届も出してなかったんだ。あたしは大嘘を信じきってたのよ。

考えてみりゃ、そのほうが自然だった。奥さんに手切金を渡してきっぱり別れたんじゃなくて、お金を押さえられてただけ。

何のことはないやね。やさしいばかりが取柄《とりえ》の優柔不断な中年男が、正面切って口説くこともできずに若い女と遊んでさ、女房に勘ぐられて家を追ん出されて、その勢いでやっとあたしを抱いたんだ。

二十年近くも一緒にいた夫婦にしてみりゃ、一年とちょっとの間の出来事なんて、どうってことなかったんだろ。物は考えようで、よそに子供をこさえに行ってたと思やいいんだろ。

おっさんはそれきりアパートに帰ってこなくなった。かわりに、おっさんの兄貴だっていう人や、奥さんの両親や、寿司屋の先輩みたいな人が入れかわり立ちかわり、あたしを説得にきた。

大晦日《おおみそか》も、一彦と二人きりだった。お餅《もち》どころかお米もなくなってね。おせっかいなやつらの持ってきた、お饅頭《まんじゅう》やお煎餅《せんべい》ばっかりあるの。

カズちゃん、ママと一緒に死のうか、って訊《き》いた。笑ってくれたんだよ、あの子。

それで、ねんねこにおぶってね、勝鬨《かちどき》橋まで行った。もうじき年が明けるって時間だった。

とても手のかからない子だった。夜泣きもしないし、いつもニコニコ笑ってて。橋の上でね、泣いてもいない子をあやすふりして、通行人をやりすごした。本願寺に初《はつ》詣《もうで》に行こうって人が、けっこう多かったから。

世界中があたしの敵だったよ。味方は一人もいなかった。死ぬしかないだろ。十七の娘が子供を抱えて世界中を相手にする方法って、どう考えてもそれしかなかったんだ。

でも、子供を殺すことはできなかった。だって、たった五ヵ月しか生きられなかったことになるんだもの。あたしにはそれまでにも、辛《つら》いことや悲しいことや、楽しいことや嬉しかったことがたくさんあったけれど、一彦にはいいことも悪いことも、何もなかったんだもの。

橋の上を行ったり来たりして、とうとう年を越えちゃったとき、あたし、あの子に言ってきかせたの。

ごめんね、カズちゃん。ママは、カズちゃんのこと捨てるよ、って。

三ヶ日はアパートから一歩も出ずに、二人きりの寝正月をした。知ってる限りのお伽話を、ぜんぶ聞かせてあげた。桃太郎に金太郎。カチカチ山や耳なしほういち。赤ずきんちゃんも、白雪姫も。

あたし、親がいなかったから、そういうのも良く知らなくって、ほとんど作り話みたいだったけど。

赤ずきんちゃんは、狼《おおかみ》に食べられちゃうんだったっけ。ちがう?

あの子は生れてからちょうど六ヵ月目に、おっさんがどこかへ連れて行きました。笑ってバイバイしたよ。あたしも。

5

「ねえ、お客さん。酔いざましに、ひとっ風呂浴びてこうか」

酒場から霧雨の街に出ると、リリィは思いついたように明るい声で言った。

「共同浴場がたくさんあるんだよ。タダだし、真夜中でも垂れ流しさ。毎晩ステージがはねてから入りに行くんだけど、とっても贅沢《ぜいたく》な気分になるの」

共同浴場に向かう目抜き通りは静まり返っていた。北村は歩きながら腕時計を見て、十時半という時刻を怪しんだ。

仕舞屋《しもたや》の続く街路には、赤と青と黄の、うら悲しいネオン管のイルミネーションが並んでいた。

「これ、一晩じゅうついてるの。誰が電気代払ってるんだろう」

ハイヒールのサンダルを脱いで裸足《はだし》になると、リリィはイルミネーションを見上げて言った。

ドレスの肩に傘をさしかけ、北村は宿の下駄を脱いだ。

「はいてけよ。女の足じゃ怪我《けが》する」

リリィは愕《おどろ》いた顔で北村の表情を窺《うかが》い、はにかむように笑った。

「やさしいのね、お客さん。やっぱ、所帯持ちはちがうわ」

「女房子供にはやさしくなんかしないよ。外面《そとづら》がいいだけさ」

「うそ。きっとやさしいよ。それも、猫っ可愛《かわい》がりのやさしさばかりじゃなくって、思いやりのある男」

言いながらリリィは屈《かが》みこんで、北村の脱ぎ捨てた下駄を愛《いと》おしげに撫《な》でた。

「つまらないことは忘れろ。今さらどうなるわけでもないだろう」

「お客さんも、忘れてね。東京へ帰ってから、酒の肴にしちゃいやだよ」

「ああ、忘れるさ」

リリィはたぶん、毒を吐いたのだろう。受け止める必要はないのだと、北村は思った。

「この町はね、もうどうでもよくなっちゃってるの。泣き笑いなんかとっくに通り越して、みんな怒ることも忘れちまってるのさ。じゃ、お言葉に甘えて——」

北村の腕にすがって立ち上がると、リリィは下駄をはき、伸び上がって、ほんの一瞬北村の唇を盗んだ。

「ありがと。とっても嬉しいわ、泣きたいぐらい」

湯のほとばしり落ちる水路に沿って、ゆるい坂道を下ると、古い木造りの湯小屋があった。あたり一面は、夢のようなあじさいの畑である。たちこめる湯気は流れることなく蟠《わだかま》って、白や紫のあじさいをほっこりとくるんでいた。

「昔は、百円の湯銭《ゆせん》をとってたんだけどね。あんまりお客がこないから、ばからしくなってそれもやめちまった。散歩がてら入りにくる年寄りや、送り迎えのタクシーの運ちゃんから百円とるのもアコギだろ。もうどうにでもなれってわけ」

あじさいの花がたわみかかる石段を昇り、湯小屋の裸電球の下に立つと、リリィはふいに切実な声で言った。

「ねえ、お化粧落としても、笑わないでよ。ババアなんだから。先に約束しといてよ」

「ああ、約束する」

「ぜったいだよ」

「ぜったい笑ったりしないよ」

引戸を開けると、柔らかな湯気が北村をおし包んだ。人影はない。木組の棚に簀子《すのこ》を敷いただけの脱衣場の向こうに、滾々《こんこん》と湯の溢《あふ》れる浴室が続いていた。

「ひとりィ、お客さん」

「ああ、ひとりだよ。そっちは？」

「誰もいない」

リリィの声が天井から降り落ちてくる。吐く息のすべてが音になるような、楽器のように澄んだ声をリリィは持っていた。

「パンツ、脱いだ？」

「ああ、脱いだよ。そっちは？」

「ちょっと待って、背中のファスナーが下がらないの。よいしょ、っと。はい、ブラジャーとりました。何色だかわかる？」

「黒」

「あれ、何で知ってるのよ」

「ドレスから紐《ひも》が見えてたよ」

黒い下着は、リリィの肌によく映るだろうと思う。何の衒《てら》いもいやらしさもなく、それは白くたおやかなリリィの肌を、神の与えた美しい獣の皮のように、彩《いろど》っているのだろう。

「はい、パンツも脱ぎました。スッポンポン」

熱い湯に首まで浸《つか》ると、たちまち体から酒が抜けて行った。

鼻唄とともに、湯音が聴こえた。たぶんリリィは片膝《かたひざ》を立てて、肩から湯を浴びているのだろう。慎しい所作のいちいちが、はっきりと北村の胸にうかんだ。

「ほんとに、誰もいないよね」

「ああ、いないよ」

「さっきの続き、ちょっと話してもいいかな」

「どうぞ。カズちゃんとは、それから会ったの？」

言ってしまってから、北村は失言に気付いた。しばらくの間、女湯は静まり返ってしまった。

「会わなかったよ。なかったことにしちゃったもの。世界中の人たちが言う通りにした」

しかし、かたときも忘れたことはなかったのだと、リリィの声にならぬ声が言っているような気がした。

「いつだったかな。東京の大学生が合宿にきてね、みんなでワイワイ、ストリップを見にやってきたのよ。五人か六人――」

「ふうん。それで？」

「お客さん、何聞いてもびっくりしないでね」

話し始めたことを悔やむように、リリィはまた黙ってしまった。

聞き流せばいいのだと、北村は肚《はら》を据えた。リリィは受け止める必要のない毒を、勝手に吐いているだけだ。名も知らぬ、行きずりの男に。

「八月の雨の晩で、お客さんはほかに誰もいなかった。その子たち、花道《へそ》の先っぽをぐるりと囲んで、大騒ぎしてたわ。貸切りだもんね。初めは、考えてもいなかった。そのうち、誰かがひとりの子の名前を呼んだの。『おいカズ、見ねえのかよ』って。悪酔いして、寝ちゃった子がいたのよ」

「まさかね」

と、北村は呟《つぶや》いた。

「そう。あたしも、まさかって思った。でもね、踊りながらその子の寝顔を見たわ。おっさんにそっくりだった」

「気のせいだろう。偶然にしたってあるはずはない」

「トレーニングウェアの胸に、青木って書いてあったのよ。おっさんの苗字《みょうじ》。あたしも一年間、青木百合子だった」

湯舟から上がると、北村はセメントの床の上に胡座《あぐら》をかいた。煙抜きの天窓から雨粒が吹き落ちて、肩に降りかかった。話の先は聞きたくなかった。

「目を覚まさないでって、踊りながらお祈りしてた。でも、素ッ裸になったら、友だちに揺り起こされちゃったの。かわいい顔だった。二重瞼《ふたえまぶた》で、鼻筋が細くって、真っ黒に日灼《ひや》けしていてね。その子の前に腰をつき出して、ご開帳したときのあたしの気持、わかる？――あたしね、子供のころからあんまりいいことがなかったから、自分を不幸だと思ったこともないのよね。でも、そのときだけははっきり感じた。不幸な女だな、って」

リリィの声は少しも酔ってはいなかった。むしろ話すほどに、言葉は明瞭《めいりょう》さを増すように思えた。リリィは湯に浸りながら、男湯と女湯とを隔てる天井のすきまに向かって、大声で話していた。

「タッちゃんが本番生板ショーを告げたとき、思わず、やめてっ、って叫んだわ。でも、お客さんたちは興奮してジャンケンを始めちゃった。五人だか六人だかのうちの三人よ。あの子、負けたけど」

「――よかったな。ホッとしたろう」

北村は膝を抱え、天井に向かって息をついた。

「うん。ホッとしたよ。腰が抜けるくらい。でもね、三人の友だちとステージの上でやりながら、ちょっと魔がさしたんだ」

「魔がさした？」

「あの子がジャンケンで負けたのは、神様のお慈悲よね。いくら意地の悪い神様でも、まさかそこまではさせないわ。あたしって、最低の人間なんだなって思った。生まれてからずうっと、神様が笑顔を向け続けてくれている幸せな人も大勢いるけど、ずうっと意地悪ばかりされている人間もいる。不幸があんまり当たり前すぎて、気がつかないぐらいの。あたしね、そのときやっとこさわかったんだ。あたしは最低の最低なんだって。もう一歩で獣なんだって。で、とうとう頭にきてさ……」

「頭にきて、どうしたんだ」

リリィは咽《のど》を詰まらせ、細い唸《うな》り声をあげながら続けた。

「みんな、おいで、って……呼んじゃった」

顔を洗う水音が聴こえた。北村は湯桶《ゆおけ》を引き寄せて、頭からざぶざぶと湯をかぶった。

「どうして？」

「そんなお慈悲なんかいらないさ。おもらいみたいに、ぎりぎり人間でいられるお慈悲をいただくぐらいなら、獣になってやろうと思ったの。自分から、すすんでね」

学生のひとりを別れた子供だと決めつけたのは、リリィの妄想《もうそう》かもしれない。だが、本人がそうと信じ切っていたのだから、現実か妄想かを論ずる意味はなかろうと北村は思った。

リリィが神に反逆したのは事実なのだ。

「勇気があるね。君は」

「勇気？——やけくそよ。もう、やぶれかぶれさ。でもね、やけくそでもやぶれかぶれでも、もう流されるのはいやだった。なすがままにされるのがいやだったの。ああ、うだっちまった。出ようか、お客さん」

北村は濡《ぬ》れた体を浴衣で包み、乾いたままの宿の手拭《てぬぐい》を、女湯に投げ入れた。

「ありがとう。やっぱ、やさしいね」

「先に出てるぞ」

「約束、忘れないでね」

「約束って、何だっけか」

「笑っちゃいやだよ」

「ああ、笑わない」

霧雨は本降りに変わっていた。雨に打たれて満開の頭《こうべ》を垂れ、許しを乞《こ》うように揺れるあじさいを見ながら、北村はぼんやりと女を待った。

石段を舐《な》めるほどあやうく揺れ続けているのに、あじさいはたわわに咲いた花びらのひとひらさえも、地に零《こぼ》してはいなかった。

「おまたせ」

軒灯に晒《さら》されたリリィの美しさに、北村は見惚《みと》れた。濡れそぼった花の精が、人の姿を借りてそこに立ち現われたような気がした。

「素顔のほうが、ずっといいよ」

「慰めてくれなくてもいいわ」

「嘘《うそ》じゃない」

リリィは照れながら俯《うつむ》き、水たまりに佇《たたず》む北村の裸足を見つめた。

「どうしてそんなにやさしいの」

「さあね。俺にもわからない。だが、べつにやさしくしているつもりはないんだ。うまく言えないけど」

「お慈悲じゃないよね」

「君に情をかけるほど幸せじゃないよ」

リリィは北村の首にかじりつくと、むさぼるように唇を吸った。骨の軋《きし》みが掌《てのひら》に伝わるほど、リリィの背中は瘦《や》せていた。

長い口づけのあとで、二人は頰を合わせたまま雨音を聴いた。

「ねえ、お客さん。あたしのお願い、聞いてくれるかな」

「寝るか？」

「ううん。そんなのじゃない。そんなわがままは言わない」

夜を吞《の》みこむほど息を吸い、北村の耳元で細く長く吐きつくしたあとで、リリィはこともなげに呟いた。

「お願いよ。あたしと死んでちょうだい」

6

自殺をする人間は、交通事故の犠牲者の四倍もいるのだそうだ。

だとすると、リストラをされて路頭に迷えば、自殺せずに生き続ける男のほうが珍しいのではないか、という気がする。

ただし、計画性のある自殺など、そうはあるまい。現実の重みに抗《あらが》いながら、ある日ふとのめりこむように死んでしまうのではなかろうか。

「悪いね、お客さん。ほんとにいいの？」

窓を開け、湿めった夜気を吸いこみながらリリィの背中が言った。

「考えてみれば、それほど不都合はないんだ」

宿に戻るみちみち、北村は自殺することの不都合について、ずっと考え続けてきたのだった。

家のローンには、生命保険がセットされていたはずだ。つまり名義人の北村が死んでしまえばそのとたんに、一生かかって返すはずのローンは完済されてしまう。

そのほかにも、任意の生命保険には加入している。たぶん北村がこのさき稼ぎ出す金よりも多い保険金が支払われる。

家族はさぞショックを受けるだろうが、いずれ家長が身を捨ててもたらした経済効果に気づけば、それなりに納得するだろう。

さしあたっての問題は、心中という手段について、妻や子供らがどう思うかだ。

その際、心中相手が愛人であるのと、行きずりの女であることとのちがいは大きいと思う。心中は情痴のたぐいではなく、ただの道連れなのだと、家族は結論づけるだろう。

それほどの不都合はないと、北村は確信したのだった。

「宿には迷惑がかかるね」

北村の懸念《けねん》を、リリィは雨空を見上げて笑いとばした。

「そんなの、知ったこっちゃないわよ。川向こうの、あのザマをごらんなさい」

廃屋となった旅館が、書割のように並んでいた。ふしぎなことに、いくつかの窓には灯がともっている。

「あれ。電気がついてるぞ」

「競売にかかっているのに居座ってる金貸し。気楽な稼業《かぎよう》ね。それから、商売をやめちゃっても、家族が住んでるところもある。それも気楽だわ。あんなでっかい家に住んで、旦那さんが勤めに出てるんだから。つまり、この宿だって遅かれ早かれそういう運命なんだからね、迷惑もへったくれもないってことよ」

夜遅く、女を宿に連れこむのも気が引けたが、リリィは帳場を覗《のぞ》きこんで、おじゃましまあす、と声をかけたのだった。べつだん珍しいことではないのだろう。

「こういうことって、よくあるのかい」

「心中は初めてよ」

「当り前だ。そうじゃなくって、客の部屋にくることがさ」

「たまにね」と、リリィは窓にしなだれかかったまま、肩ごしに振り返った。

「飲みなおしよ。気が向きゃ寝ることもあるけどさ。そんないい男、めったにいやしない」

「君から誘ったことはあるの？」

「何をさ。そこまで安かないわよ。部屋までくれば、男はみんなその気よ。選ぶのはこっち」

「そうじゃない。死のうよって誘ったことはあるの？」

　リリィは細い背中をふるわせて笑った。

「あのねえ、お客さん。考えてもごらんよ。抱かれる気になる男もめったにいないのに、一緒に死ぬ気になれる男なんて、いると思う？」

「ということは、初めてか、俺が」

「そう。最初で最後ね。断わられたらどうしようかと思った。男を口説いたのって、生まれて初めてよ」

「よかったな。断わられなくって。なかなかいい口説き文句だったよ。お願いよ、か――」

「これがほんとの、殺し文句ね」

リリィはひとしきり笑い転げてから、梁《はり》を見上げた。

「吊《つ》る下がるのってカッコ悪いけど、いい？」

「どうだっていいさ」

「なにしろ、きょうのきょうだからね。前からわかってたら、薬ぐらい用意しておいたのに」

しどけなくビールを飲む姿を見ながら、いい女だな、と北村は思った。表情やしぐさの逐一に、完成された彫像のような美しさがあった。声や言葉づかいも、姿にふさわしい音楽のようだった。

リリィは何も忘れてはいない。甘んじて受け容《い》れてきた不幸がひとつひとつ積もり重なって、たとえば樹木の滴《したた》りが虫や塵《ちり》をくるみこんで輝かしい琥珀《こはく》となるように、リリィは記憶の宝石になっているのだった。

「死ぬのなんて、簡単さ。みんな人生にしがみついてるんだから、手を放せばおしまい。ただね、一人で死ぬのがいやだっただけ」

北村はビールを勧めながら、どうしても聞いておきたいことを口にした。

「いま、幸せか」

うん、とリリィは少女のように肯《うなず》いた。

「幸せだよ、とっても。こんな気持、生まれて初めてさ。お客さんは？」

「俺も、幸せだ。頭の中ががらっぽになった」

「そう。よかった――」

幸せだ、と北村が言ったとたん、リリィは大きな目を三日月のかたちに細め、自分がそう口にしたときよりもずっと幸せそうな顔をした。

「ところで、する？」

「する、って、何を」

「決まってるじゃない。心中する前には、この世のなごりに腰の立たないくらいやるんだって」

「そういうものかね」

「さあ」

「君は、どう？」

「あたしはどっちでもいい。あなたのいいほうで、いいよ」

小さな顎《あご》を掌に載せて、リリィは唇の端で笑った。

「じゃあ、キスだけにしておこう」

本心から北村は言った。

長いくちづけを交わしながら、もし十七歳のリリィと恋に堕《お》ちても、きっとそれ以上のものは望まなかっただろうと思った。

「泣くなよ」

「ごめんなさい。嬉《うれ》しくって、涙が出ちゃった」

「そんなに嬉しいのか」

「うん。神様もね、まんざらじゃないなって思った。最後に、こんなに幸せな気持にしてくれて。これでみんなチャラだよ。恨みっこなし」

リリィは北村の名前すらも訊《たず》ねようとはしなかった。幸福な死を迎えるためには、この奇妙な行きずりの男の身の上を知るべきではないと考えているにちがいなかった。

「そうだ。忘れてたわ。あなたが撮ってくれた写真」

リリィは身をよじってハンドバッグを引き寄せた。

「いいよ、俺は見たくない」

「どうしてさ。お洋服を着て写真を撮ってもらったことなんて、ほんとに久しぶりなんだから。それもステージの上で、きれいだよ、なんて言われながら」

幸せの証《あか》しを確かめるように、リリィはポラロイドフィルムのシールを剝《は》がした。三枚を並べて卓の上に並べると、リリィは正座をして、両手を口に当てた。

「泣くなって」

「だって、すごくきれいなんだもの。ほら見てよ。あんたの撮ってくれたあたし、こんなにきれいだよ」

それはふしぎな写真だった。ドレスを着て、舞台の上でポーズをとるリリィは、北村の目に映る姿そのままの、美しい女だった。

「プロのカメラマンだって、こんな上手に撮れないわ」

自分の身の上は決して口にするべきではない。北村は咽《のど》まで出かかった言葉を呑み下して、ひとこと「ありがとう」と呟《つぶや》いた。

瀬音をくぐり抜けて、サイレンが聴こえた。

「何だろう、今ごろ」

対岸の山肌を赤いランプが染め、救急車が川下の橋を渡って走ってきた。

「どこかの宿で、客が倒れたかな」

「死にたくない人が死んじゃうのかしら」

二人は窓辺の籐椅子《とういす》に差し向かいに座った。

「腰が立たなくなるまで飲むか」

「お膳《ぜん》の上に立てなくなったら困るわ」

「そのときは、手っとり早くこの窓から飛び降りりゃいいさ。ひとたまりもない」

「抱き合ったまま、海まで流れてったらいいね。どこか遠い、南の島まで」

それから二人は、たがいの唇を肴《さかな》にビールを飲んだ。

廊下にあわただしい足音が響いたのは、冷蔵庫の中の酒があらかた片付いたころだった。非常の時刻である。ノックの音より先に、北村はドアを開けた。

「申しわけありません、お客さん。リリィちゃん、まだいます？」

寝巻姿の女将は、起き抜けの顔をしかめて言った。リリィが壁を伝い歩いてきた。

「ちょっと、いい？」

「何よ、おかみさん……どうしたのよ」

「いいから、ちょっと」

夢を破られたような気がして、北村は不快になった。

女将はリリィの腕を摑《つか》んでドアのすきまから引きずり出すと、闇《やみ》の中に消えて行った。所在なく煙草《たばこ》を吹かしながら、北村はリリィの帰りを待った。

「どうした？」

ドアを後ろ手に閉め、リリィは呆《ほう》けたように天を仰いでいた。

「意地が悪いよ」

「文句言われたのか」

「ちがうよ。神様、やっぱり意地が悪い」

ことさら嘆くでもなく、リリィは不平をこぼすように口をとがらせて呟いた。

「タッちゃんが、首吊っちゃったってさ。こんなことって、ある？　あたし、行ってやらなきゃ」

しばらくの間、二人は黙りこくって瀬音を聴いていた。

7

「東京に働きに出てる倅《せがれ》がァ、この間ニューヨークに行ってきたとか言うからね、安給料取りにそんな大それたまねができるわけないんで、てっきり野郎、会社の金でもごまかしてるんじゃないかって、女房と気を揉《も》んだんです。そしたら、驚くじゃありませんか、一週間だか十日だかホテルに泊まって、もちろん飛行機代もこみで、十万とちょっとなんですって。夢みたいな話ですわ。若い者が温泉なんかにくるわけないやね。どうりでおかしいと思ってたんです」

運転手の陽気な軽口は、久しぶりにからりと晴れ上がった青空のせいだろう。あじさいの垣根は目覚めたように首をもたげ、車の行手には夏雲が湧《わ》いていた。

「ゆうべ、何か事件があったみたいですね」

眩《まば》ゆい朝の光に疲れた目をかばいながら、北村はそれとなく訊ねた。

「ああ、ストリップ劇場の社長が首吊ったって、ほんとうかねえ」

「へえ。それはお気の毒に」

「旅館の経営者ならともかく、たいそうな借金もないだろうに。もっとも、齢《とし》だったからねえ。いやになっちゃったんじゃないの」

「お一人だったんですか」

「何でも、踊子と夫婦みたいなものだったらしいけど、そうじゃないって人もいるし、よくはわからないんです。もっとも親子より齢の離れた女と一緒にいるんなら、首吊ったりはしないか。だとすると、やっぱりそういう関係じゃなかったんだろうねえ」

またのお越しを、と剝げかけたペンキで書かれたアーチが、橋のたもとに立っている。

さい」

「あれェ、噂《うわさ》をすれば。お客さん、すいませんけど、おくやみをひとこと言わせて下さい」

ひときわ大きなあじさいの株のきわに、真白なパラソルが咲いていた。運転手は車を寄せると、助手席の窓ごしにリリィを呼んだ。

「タッちゃん、大変だったんだってなあ」

白いドレスの腰を屈《かが》めて、

「みなさんにとんだご迷惑をおかけしちゃって、申しわけありません」

と、リリィは齢に似合った詫《わ》びの言葉を口にした。運転手は気の毒そうに溜息《ためいき》をついた。

「あんた、そんなふうにいちいち頭を下げることないよ。おたがいさまなんだから。でっかい旅館たたんでいなくなっちまう旦那らのほうが、よっぽど迷惑なんだからな」

ごめんなさい、とパラソルの下でもういちど頭を下げてから、リリィは北村の窓に寄った。

「宿に電話したら、いま出たっていうから――」

「見送りなんかいいのに」

「写真、渡そうと思って」

パラソルを顎で支え、リリィはハンドバッグの中から写真を取り出した。

「はい、一枚はお客さん。一枚はあたし。もう一枚は――」

声をとざして、リリィは素顔の眦《まなじり》を指先で拭《ぬぐ》った。

「タッちゃんのお棺に、入れてあげようと思って」

渡された一葉を手に取って、うまい写真だなと北村は思った。ポラロイドカメラの不確かさが、しっとりと濡《ぬ》れた雨の夜と、その闇に住まう女の美しさを写しこんでいた。

「あたし、一生大切にするからね。お客さんも、捨てないでよ」

じゃあまた、と言いかけて、続く言葉のかわりにリリィは涙をこぼした。

「行って下さい」と、北村は運転手を促した。

車は夏の陽を浴びた橋に向かって走り出した。リアウインドに、リリィの姿が遠ざかって行く。

やがてリリィは、あたりを埋めつくす花にまぎれて、純白のあじさいになった。

「お知り合いですか、リリィさんの」

「いや、ただの客だよ」

小屋主の最後の客にはちがいないが、できることならリリィの最後の客でありたいと、北村は心から希《ねが》った。

「やっぱり、夫婦だったのかねえ。そうじゃなけりゃあ、あんなふうに頭は下げられないよねえ」

それはちがうと思う。リリィは降りしきる雨に腰をたわめ、こうべを垂れて生きているのだろう。そうやって、ずっと咲き続けてきたのだろう。

北村は若いころよくそうしたように、両手の人差指と拇指《おやゆび》でファインダーの枠を作り、フロントガラスに向けて構えた。

翻《ひるがえ》る風景の彼方に、夏雲が輝いている。

死に賃

1

（もし仮に、死ぬときの苦痛からいっさいまぬがれるとしたら、君はいくら払うね――）


親友を冥土《めいど》に送った帰りの車の中で、大内惣次は死者の言葉を思い出した。

とたんに胸が悪くなって読みさしの新聞を閉じ、運転手を叱《しか》りつけた。

「乱暴じゃないのかね。急がんでもいい、ていねいに運転したまえ」

運転手は叩《たた》かれたように背筋を伸ばし、女性秘書が振り返った。

「社長、あまりお顔の色がすぐれませんが。大丈夫ですか？」

「心配しなくていい。少し車に酔っただけだよ」

「小柳会長はあんまり急でしたからね」

「そんなことは関係ない。小柳さんは僕より六つも齢上《としうえ》だよ。そういう心配はだ、あと六年たってからにしてくれ」

大内は思わず声を荒らげた。長年苦楽を共にしてきた親友の死が、ようやく黒々とした実感となってのしかかってきた。

(もし仮に、死ぬときの苦痛からいっさいまぬがれるとしたら、君はいくら払うね――)

小柳の声がまた甦《よみがえ》った。ありありと、まるで耳元で囁《ささや》くように。

それはたしか、政治家のパーティの帰り、ホテルのバーラウンジだった。都会の灯を見おろす止まり木に並んで、小柳は年寄くさい息を吐きかけながらそう言ったのだ。

自分は何と答えたのだろう。

(痛くも痒《かゆ》くもなく、眠るみたいに死んじまうってことかね――そうだな、一億)

(一億？　ずいぶんケチだな。もっともそうでなければ一代で天下の大内産業は興せ

たいなオーナー会社はどうなるんだ）

　ひとしきり笑い合ったと思う。小柳とは闇市《やみいち》からの付き合いだった。山の手の大地主の息子だった小柳は貸ビル業の最大手にのし上がり、親友の大内惣次もまた小柳の資産を背景にして貿易業を成功させた。

　そうした過去を振り返れば、むしろ盟友と呼ぶ方がふさわしい。

　さんざ冗談を言い合ったあとで、小柳はふいに笑いを閉ざした。

（一億か……まあ、相場かも知れんな。そのくらいなら、せいぜいかみさんが不審に思うだけだろう）

（相変らずの恐妻家ぶりだね。死に賃までかみさんに報告するか）

（まさか──だが待てよ、苦しむのはいやだから一億出してくれって言えば、いくらあいつでもだめだとは言うまい）

（いちおう聞いてみたらどうだね。何て言うか）

（じゃあ、聞こう。小柳さんならいくら出すんだね）

（俺か？……俺は全財産を提供するよ）

（それは無責任だな。家族はどうなる。第一、持株まで提供しちまったら、そっちみんか）

(もしだめだって言われたら、どうするんだよ。切ないじゃないか)

小柳はまた笑顔を取り戻して、磊落《らいらく》に笑った。


雨が降ってきた。朝から低い雲が垂れこめていたが、長い葬儀が終わるまでよく持ったものだ。こんなことも、故人の徳だと囁かれているのだろうと大内は思った。

「死に賃ねえ……」

思わず独りごちると、ぎょっと色気のない眼鏡を光らせて秘書が振り返った。

「は?——何か」

「いや、何でもない。独り言だ」

内ポケットから手帳を取り出す。大正生れには苛《か》酷《こく》な予定が、びっしりと暦を埋めている。

几帳面《きちようめん》なたちの大内は、秘書に予定を訊《たず》ねたためしがなかった。そのかわり手帳は米粒のような文字で真黒だ。

「北京から西安という予定はきついね。専務ひとりではまずいかな」

「それはかまわないとは思いますが。何よりも社長のご体調を優先いたしませんと。来週の検査はぜひお受け下さい。奥様からも重々申しつかっておりますので」

医者は嫌いである。検査とはいえ、胃カメラを呑《の》み、血液を何本も採られ、電極をつけて運動装置の上を走り続け、断層写真の気味悪い箱の中にも入らねばならない。半年前には急な海外出張を作って口やかましい秘書をごまかしたが、二度は通用するまい。何かうまい理由を作ろうと大内は思った。

ボールペンで西安行の日程を潰《つぶ》した。

手帳の間から紙片がこぼれ落ちた。何だろう。

葉書ほどの小さな紙が四つ折りに畳まれていた。開いて見るまで、その紙の出自を思い出すことはできなかった。

人生唯一《ゆいいつ》最大最後の悩みを、名医にかわって解決いたします。
中国五千年の秘術が、すべての苦痛と恐怖からあなたを救います。
詳しい説明は誠意ある担当者がお伺いいたします。迷わずお電話を。
秘密厳守。価格応相談。　　　　㈱ライフサービス

こんなダイレクト・メールが届いたのだと、小柳は腹を抱えて笑ったものだ。

しかしそのわずか半年後に、こうして本人の死に出会ってしまえば、笑いごとではなかった。

手帳を繰り戻した。二月三日に小柳から入院をしたと電話が入り、さっそく翌日に見舞っている。昨年の日程はわからないが、パーティの帰りに馬鹿話をしたのは十二月の初めだったと思う。

(悪性だそうだ。さっきかみさんをとっちめて聞き出した)

見舞に行ったとたん、小柳はあっけらかんとそう言った。

もしかしたら、小柳は「死に賃」の話をしたあの晩、すでに体の変調を感じていたのではなかろうか。だとすると存外冗談ではなく、切実に考えこんでいたのかもしれない。

「社長、お具合いかがですか」

秘書の声に大内は顔を起こした。紙片を手帳に戻す。

「いや、大丈夫だ。新聞を読んでいたのがいけなかったんだな」

「小柳会長、いいお顔なさってましたね。お苦しみにならなかったようですが」

「ああ。人徳というやつだろうな。真夜中の心不全とかで、癌《がん》とは直接の関係はなかったそうだ」

抗癌剤が良く効いて、一時帰宅中の出来事だった。あやかりたいものだと会葬者たちが小声でうらやむほどの死である。

「君は、どう思うね」

「は？」と、女性秘書は愕《おどろ》いたように振り向いた。かれこれ十年も大内のかたわらに根を生やしているベテランだが、たぶんそんなふうに意見を求めたことはないだろう。自分らしくもないと大内は思った。

少し考えてから、秘書は辛辣《しんらつ》な口調で答えた。

「小柳会長が人徳のどうのという生き方をされたかどうかは、疑問に思いますけど」

「ほう──きついね、その言い方は」

「僭越《せんえつ》ですが、卒直に申し上げると私はそう思います。小柳会長のことは、おそらく世界中で誰よりも社長がご存じでしょうけれど、しごく客観的に見て、私はそのように思いました」

大内が黙りこくると、秘書は小声で「失礼しました」と呟《つぶや》いた。

たしかに僭越な言い方だとは思う。だがときどき口にする刃物のような僭越さのために、彼女は十年ちかくも大内の秘書を務めている。

年齢は三十七になるはずだ。次の人事で秘書室長に昇進させるか、さもなくば真剣に見合いの相手でも探すか、考えてやらねばならないと大内は思った。

風を孕《はら》んだ夏の雨が車窓を叩く。台風が近いのだと、秘書は僭越な発言を塗りこめるように言った。

おそらく彼女は、客観的に見た小柳の人生にこと寄せて、似たものの大内を批判したのだと思う。非情で、独善的で、ワンマンなところは、焼け跡から立ち上がった自分たちの世代に共通した性格だ。

ひとつの時代が終焉《しゅうえん》を迎えようとしている。大内惣次は嵐に追われる往来を眺めながら、やりきれない気持になった。

2

小柳の妻が大手町の本社を訪れたのは、数日後のことである。

女学生のころと少しも変らぬ快活さは、喪中の悲しみを感じさせない。小柳はこのかみさんに支えられて生涯《しょうがい》現役を全《まっと》うできたのだろうと大内は思った。

「その節は無理なお願いばかりしちゃって。いえ主人はね、大内さんは忙しい人だから葬儀委員長は野田先生にお願いしろって言ってたんですけど、こういうご時世だから政治家はうまくないでしょうってことになって。息子たちと勝手に決めちゃったんです。ご面倒おかけしました」

応接ソファに横座りしたまま、小柳の妻は麦茶を一息に飲み干した。

「それにしてもまあ、うちの主人も大内さんも、よく頑張ったわ。あら、宮城《きゅうじょう》が見えるんですね」

「ああ。この社屋を建てるとき、皇居を見下ろすのはいかがなものかと言ったら、みんなに笑われたんだ。そんなことを考えるのは、僕らの世代までだね」

「おうちのほう、その後どうですか。気にはしているんですけど」

「おうち、とは？」

「お若い奥方とはうまく行ってらっしゃるのかなって、息子も心配してますのよ」

五年前に妻を亡《な》くし、政治家の遠縁にあたる後添いを迎えた。年齢はふた回りも離れているのだから、新しい生活に何の不満もないと言えば嘘《うそ》になる。小柳にこぼした愚痴が伝わっているのだろうか。

「若いのはまあけっこうなことなんだが、やはり子供らとは疎遠《そえん》になるね」

「あら、まあ」と、小柳の妻は大仰に愕いた。

「それ、うまく行ってらっしゃらないってことじゃないの」

「いや、そういうわけでもない。長女とは二つしか齢がちがわんし、嫁さんたちともそうは離れていないからね。呼び方ひとつにしたって難しい。まさかいまさら、おかあさんでもあるまいし」

「あのねえ、惣次さん」

と、小柳の妻は秘書室に通じる扉を振り返ってから、昔なじみの名を呼んだ。

「こんなときだから言えるんだけど、万がいちのことは考えておいた方がいいわよ」

「万がいち？――おいおい、やめてくれよ」

「いいえ、冗談じゃなくて。相続のときごたごたするのは一番みっともないし、結局はみんなで損をすることになるから」

「そういうことはきちんとしておきますよ。遺書を作るとか何とかして」

「その遺書っていうのが、ごたごたのもとなのよ。法定遺留分だとか何とかでね、ほら、その金額にしたってうちの主人や大内さんの場合は半端じゃないでしょう。揉《も》めるのよ、そういうので」

小柳の家にも揉めごとがあるのだろうかと、大内は小柳の妻の顔色を窺《うかが》った。人並みの道楽はしたが、小柳は身ぎれいな男だった。

嵐の去った青空をまばゆげに見上げて、小柳の妻は肩を落とした。藤色に染めた髪が、かえって老いを感じさせる。

「あのねえ、惣次さん。ここだけの話なんですけど、聞いてくれる？」

とっさに大内は、かつて何人も紹介された小柳の女たちの顔を思い出した。どれも妾《めかけ》と呼ぶほどの深いつきあいではなかったと思う。遊び上手な江戸ッ子気質《かたぎ》で、別れぎわはきっぱりとしていた。

「まあ、石部《いしべ》金吉《きんきち》の惣次さんに言ったって、始まらないかもしれないけど。私もこれで、けっこう苦労させられたんですよ、小柳には」

「それは、わからんでもないが。どうしたの？」

「本人がもうあの世に行っちゃったんだから、義理だてすることもないわよね。惣次さんの知ってることを聞かせて欲しいの。昔の話はいいわ、最近のこと」

最近、と言われても思い当たるふしはなかった。

「そういうことは、もう二十年もないと思うよ。いや、本当だ。義理だてしてるわけじゃない」

小柳の妻は訝《いぶか》しげに大内を睨《にら》んだ。

「本当？」

「本当だよ。それは彼の秘書に訊《き》いたってわかる。ほら、秘書課長の山形君。彼なら何でも知っているはずだ」

「その山形さんがね、同じことを言うからこうしてわざわざ惣次さんに訊いているのよ。いえ、べつにそれが目的っていうわけじゃないんですよ、きょうは」

おそらく来意はそれにちがいないと大内は思った。ことさら明るく振る舞っているのも、暗い気分のせいなのだろう。

「あのねえ、この間お通帳を調べていたら、妙なことに気付いたの」

「妙なこと?」

「あの人の預金からね、大金が消えているのよ」

背筋が冷たくなった。とっさに脳裏をかすめたのは、「死に賃」のことだった。

「大金って、いくら?」

「それがね、千や二千のお金なら、ああ誰かにこっそりくれてやったんだろうって思うわ。詮索《せんさく》もしません」

「だから、いくらなくなってたの」

大内が想像していた金額を、小柳の妻ははっきりと口にした。

「一億よ」

二人はしばらく黙りこくった。窓ごしの陽射《ひざ》しにうなじを灼《や》かれて、大内はブラインドを下ろした。

「……あのね、大内さん。そりゃあ私だってあの人とは五十年も連れ添ってきたんだから、よかれと思ってしたことにとやかく言うつもりはないわ。何不自由のない暮しをさせてもらったんだし。でも、金額の多寡じゃなくって、それがどこに消えたのかが知りたいのよ。税務署に訊ねられても困るし」

それはたしかに困るだろう。ましてや余命の知れた病人の銀行口座から現金で引き出されていたのでは、説明のしようもない。

「わからんね、僕は。それにしても一億の現金を動かすっていうのは、ふつうじゃない」

話しながらパイプに火を入れようとして、指先の慄《ふる》えに気付いた。動顚《どうてん》している。妙な誤解をされてはならないと、大内は笑顔を繕った。

「奥さんは、どう考えてるの」

小柳の妻は用意してきた台詞《せりふ》のように答えた。考えつめた結論であるらしい。

「私が知らされていないってことは、つまり女性関係ですよね。他には考えられないもの。それで、一億円っていう金額はやっぱり、身ひとつじゃないと思うわ。いくら今どきの若い子だって、そんな贅沢《ぜいたく》な女なんているはずない」

「身ひとつじゃない、とは？」

「つまり」と、小柳の妻は言いづらそうに咳払《せきばら》いをした。

「つまり――子供がいるってこと。育ちざかりの子が二、三人もいれば、そのくらいの配慮はしても当然だと思うんだけど。まったく、それならそうとはっきり言やいいのに……」

すでに決めつけているような言い方である。小柳の妻はハンカチで目がしらを押さえた。

「それは、ないと思うよ」

「どうして？」

「小柳さんの齢《とし》で子供を作るのは無理だよ」

「もう大きくなってるのかもしれない」

「だったら僕や山形君が知らぬはずはない。本人がしゃべらなくたって、どこかでぼろが出る」

言いながら大内は、背広の内ポケットに手を入れた。

いかん――事実かどうかはともかく、説明のできる話ではない。

第一、小柳はそれがどんな不始末よりも恥だと考えたから、女房にも話さなかったのだ。それこそ故人のプライドにかかわる。

「ねえ惣次さん——あなた、何か知ってるんでしょう」

小柳の妻は大内の顔色を覗《のぞ》きこむように言った。

「知らんよ、何も」

「お顔に書いてありますよ。ねえ、お願い。小柳の決めたことにどうこう言うつもりはないの。納得したいだけ」

秘書が茶を差しかえにきた。一瞬戸口で立ち止まって、困惑した大内の表情を見る。

「社長、会議のお時間ですが」

そんな予定はない。有能な秘書だと大内はつくづく思った。こうしたとき、松永美也子の色気のない眼鏡はまさに都合が良い。

3

小柳の妻が不本意そうに帰ったあと、大内惣次は本件に関して自分がとるべき方針について考えた。

一つ。「死に賃」の話は黙殺する。一億の金がどこに消えたのか、そんなことは他人の関知するところではない。もちろん妙なダイレクト・メールは捨てる。

二つ。秘書の松永美也子に相談する。ことがことであるだけに、相続権を持っている者に打ちあけるわけにはいかない。もちろん会社の経営に参画している役員たちにも。となれば、相談相手は松永美也子しかいない。

三つ。ダイレクト・メールの「株式会社ライフサービス」に連絡をし、その正体をあばく。


ところが、パイプを吹かしながら三十分も熟考した末、大内の得た結論は三つのうちのどれでもなかった。いかにも彼らしいといえばそうだが、三つの案の複合を思いついたのである。

まず松永美也子に相談をし、「ライフサービス」に連絡をとる。いずれにしろ新手の宗教か悪質な詐欺《さぎ》にはちがいないだろうが、もしそうだとしたらその後の処置については松永の手を煩《わずら》わせるほかはない。一億の金を取り戻し、被害者を増やさぬよう訴え出ることは、何よりも故人への供養《くよう》だろう。

思い立って、大内は秘書を呼んだ。何につけても熟慮をするたちだが、ひとたび結論を得れば迷うことはなかった。

「松永君。君は歴代の秘書の中で、最も僕のことを良く知っているね」

「はい。十年も秘書を務めさせていただいておりますから」

「あらたまった話をさせてもらう。ちょっとプライベートなことだが」

一瞬、松永美也子の表情が翳《かげ》った。

「またお見合い、ですか……」

美也子は先妻のお気に入りで、いい見合い話を二度も持ちかけたが、すげなく断わってきた。

「わたくし、前の奥様からことづかっております」

反論を忘れて、大内は訊《たず》ねた。

「何をだね？」

少しためらってから、美也子は背筋を伸ばした。

「社長の死に水は私が取ってくれと、奥様に頼まれました」

「おいおい。それは秘書の仕事ではなかろう」

言いながら大内は暗い気持になった。闇市《やみいち》で知り合った糟糠《そうこう》の妻は、大内が再婚する可能性を考えていたのかもしれない。見知らぬ女は信じられない。ならば気心の知れた美也子に、藁《わら》をも摑《つか》む気持でそう言い遺《のこ》したのだろうか。

「まさか君は、その言葉を守って独身を通しているわけじゃなかろうね。彼氏は、いないのか？」

言ってしまってから、いかに話の流れとはいえ立ち入ったことを訊いたと、大内は悔やんだ。

「困ったわ、どうしよう」

と、美也子は女の表情を見せた。亡父は厳格な外交官だったという。嘘がつけず、衒《てら》いもない性格であることは大内もよく知っていた。

「ずっとお付き合いをしている男性はいるんですけど、結婚のできる人じゃないんです。すみません、社長」

まるで嘘をあばかれたように美也子は頭を下げた。大内の胸は軋《きし》んだ。そういう立場にある美也子に、二度も見合いを強要してしまった。しかも、今になって告白までさせてしまった。

「つまり、不倫というやつか」

「はい」と、美也子は俯《うつむ》いたまま肯《うなず》いた。

「社内の人間かね」

あまり考えずに口にしたが、この一言は刃物だ。はたして美也子は答えることができなかった。

「名前は、お訊きにならないで下さい。私のわがままで続けているんです。先方にしてみればうっとうしいだけの女に決まってますから」

大内産業の社員は、子会社を含めれば千人に近い。つまり名前を訊くなということは、それなりの地位にある人間だとも思える。三十七歳という美也子の年齢から推しても、相手は部課長職か、へたをすれば役員の誰かかもしれない。

「聞かなかったことにして下さい、お願いします」

「わかった。つまらんことを聞き出してすまなかったね。もし僕にできることがあったら言ってくれたまえ。力にはなる」

胸を撫《な》で下ろして、美也子は微笑《ほほえ》んだ。

「その点はご心配なく。男と女のことですから、社長には決してご迷惑をお掛けしません」

男と女のこと、という物言いに、大内は暗い嫉妬《しっと》を感じた。今まで有能な秘書としてしか認識していなかった美也子が、ひとりの女性であることに初めて気付いたのだった。

大内の妄想《もうそう》を断ち切って、松永美也子は秘書の顔に戻った。

「それはそうとして、話は君の見合いじゃない。ちょっとこれを見てくれるかね」

大内は何のためらいもなく手帳を取り出し、紙片を美也子に手渡した。

「去年の暮に、小柳さんが笑いながら僕にくれたものだ。いくらならいいと言うから、一億だね、と僕は答えた。もちろん冗談だよ――」

小柳の妻との対話を、大内はありていに話した。美也子は艶《つや》のない髪をかき上げ、厚い眼鏡をはずして瞼《まぶた》を揉《も》んだ。憤《いきどお》りを感じているのだろう。

「これ、ひどい話ですね。裕福なお年寄りなら、引っかかるかも知れませんけど」

「小柳さんでもか?」

「命の宣告をされたら、誰でも同じ気持になるんじゃありませんか? 私の父も最後は子供のようになってしまいましたし――」

言いかけて口をつぐんだ言葉の先が、大内にはわかった。前妻のことだ。脳内出血で倒れて半身が不自由になってからは、やみくもに人を恋しがった。毎日病院に呼び出されたあげく、亭主の死に水を取れなどと命じられた美也子は、さしずめ最大の犠牲者というべきだろう。

「ともかく、知らん顔で電話をしてみましょう。小柳さんの供養です」

聡明《そうめい》な秘書は、大内の肚《はら》づもりを見透かすように、そう言ってくれた。

その日の夕刻、大内は取引先との会食をキャンセルしてライフサービス社の営業マンを待った。

「なかなか一筋縄ではいかんぞ。こっちの名前を出しても、あわてるふうはなかった。しかも二つ返事で担当営業マンを寄こす、だと。――ところで何だよ、担当って」

「手強《てごわ》そうですね。警察に連絡しておいた方がよかったでしょうか」

「いや、それはまずい。小柳さんの立場もあるからな」

きょうのところは、とりあえず素知らぬ顔で話を聞こう。警察沙汰《ざた》にするのはそれからでも遅くはない。

やがて受付を通じてやってきたのは、思いがけずに若い、きちんとした身なりの男だった。

二十七、八というところか。たぶん不動産や証券会社の営業マンとしても、この貫《かん》禄《ろく》では通用するまい。せいぜい車のディーラーだと大内は思った。

受け取った名刺には住所が記載されていなかった。

「君の会社は、所在地も言えぬのかね」

男はにこやかに笑いながら、当然のことのように答えた。

「はい。私どもは仕事の内容が内容なので、いろいろとトラブルが多いのです。いっさいお客様のことについては口外できませんし。ただし、電話とファックスとは、二十四時間受け付けておりますから、いつでも対応できます」

「救急車みたいですね、まるで」

と、美也子は蔑《さげす》むように男を睨《にら》みつけた。

「まあ、似たようなものですから」

「パンフレットとか、説明書のようなものはないのかね」

男が手ぶらであることが腹立たしかった。人を欺《だま》すにしろ、それなりの準備は必要だろう。

「今も申し上げました通り、私どもにはお客様に対する守秘義務がございますので」

「医者か弁護士みたいね、まるで」

と、美也子は頬をひきつらせて呟《つぶや》いた。

「まあ、それも似たようなものです。そういうわけですから、説明はすべて口頭でいたします」

「メモは取ってもよろしいかね」

「ご自由にどうぞ。もっとも私どものビジネスほど単純なものはございませんので、記憶されるだけで十分かと」

こちらの名刺は出さずに、大内はぶっきらぼうな自己紹介をした。

「僕が大内だ。血圧は正常、趣味はゴルフ、酒は一日二合までと決めておる。煙草《たばこ》は喫《す》うがいつでもやめる自信はある」

「こちらは？」

「秘書の松永だ。相続権はむろんないし、守秘義務については君らよりも信用できる」

「松永と申します、お見知りおきを」

と、美也子は上目づかいに慇懃《いんぎん》な挨拶《あいさつ》をした。

ソファに浅く腰を下ろすと、男はいちど窓ごしの夕空を見た。話の手順を考えているふうはなく、妙に悠然としている。図体ばかりでかくて頭も心もからっぽな、近ごろの若者の典型だろう。

「どうしたね。ふるさとでも思い出しているのか」

「あ、はい。その通りです」

意外な答えに、大内と美也子は顔を見合わせた。耳を呼び寄せて美也子に囁《ささや》いた。

「バカかな、こいつ……」

「……そのようですね。何も考えていないようです」

男は近ごろの若者がみなそうするように、さらさらの前髪を両手でかき上げた。馬鹿かも知れないが、どうしても悪人には見えなかった。昔の悪党は顔つきからして邪悪だった。今は善人づらをしていなくては悪事を働く資格がないのか、それとも善人が悪事を働く世の中なのか、そのどちらかだろう。

「ご説明を」

と、美也子が背筋を伸ばし、男を見くだすように言った。

「では——」

いかにもおごそかな話をするふうに、男は薄くて血色の悪い唇を開いた。

「生きとし生ける者、みな等しく死に対する恐怖と死に伴う苦痛からまぬがれることはできません。それらをお電話一本ですべて解決するのが、私どもライフサービス社のビジネスです」

たぶんマニュアルを丸暗記しているのだろう。質問は説明が終わってからにしようと大内は思った。

「いっけん安楽な死に方と思える脳出血や脳梗塞《こうそく》も、昏睡《こんすい》の間にはいちじるしい恐怖と苦痛を味わうと言われています。心臓疾患の場合は絶命に至る時間が短いので楽にも思えますが、いわば乗客を乗せたままエンジンが急停止するのですから、その瞬間の驚愕《きょうがく》と恐怖とは計り知れないものなのです。もちろん癌《がん》については今さら説明するまでもないでしょう。そこで、私たちライフサービス社の仕事とは、お客様の意識が明確であるうちに、『そろそろいいだろう』という意思表示をいただき、即座にお亡《な》くなりになっていただくというものでございます」

「ちょっと待って」

と、美也子が口を挟んだ。

「それって、嘱託殺人じゃないですか。犯罪ですよ」

「いえ。法的犯罪にはちがいありませんが、人道的福音でございます。その両者を秤《はかり》にかけたうえでお申し込み下さい」

なかなか説得力のある受け答えだなと、大内は感心した。きっと売れない小説家か、飯を食い上げたマルクス哲学者がマニュアルを作ったのだろう。

しかしそれにしても、この若者の妙な落ち着きようは何としたことだ。もし詐欺師の一味ならば天才的な悪党にちがいない。

大内はダイレクト・メールをテーブルの上に拡《ひろ》げた。

「趣旨はわかった。説明を二つばかり補足してもらいたい」

「何なりと」

「まず第一点。ここにある『中国五千年の秘術』について。わが社はこのところ対中国貿易に主眼を置いている。私も年に数回は訪れるし、いっぱしの中国通を自任しておるから、この類いのものには興味がある」

大内は話しながら、何気なく壁際《かべぎわ》の書棚に目を向けた。そこには彼が「いっぱしの中国通を自任」するに足るさまざまの書籍類や、高価な美術品が並んでいた。

男はちらりと棚を見た。

「なるほど。でしたら話は早いですね。ふつうのお客様にはここまでご説明する必要はないのですが――秘術とは、遠く殷《いん》代よりも昔から中国宮廷に伝わる、『遁龍法《とんりゅうほう》』という経絡《ツボ》の秘伝です。歴代の皇帝はこの法により、苦痛も恐怖もなく死にました」

男はダイレクト・メールの余白に、「遁龍法」という字を書いた。ひどくへたくそな、若者らしい丸文字だった。

「ツボ、だと？――」

思わず身を乗り出すと、美也子が背広の裾《すそ》を引いた。相手の土俵に上がるな、という意味だろう。

「はい。具体的に申し上げるわけには参りません。何しろ秘術ですから」

「もうちょっと説明してくれんかね。いいだろう、君」

美也子の指に力が加わった。

「では、ちょっとだけ。もっとも私は一介の営業マンですから詳しくは知りませんけど——何でも脊椎《せきつい》のある一点に、そのツボが存在するのだそうです。いわゆる鍼《はり》治療の要領でそこをプスリとやりますと、たちまち……」

美也子の掌から力が脱けた。

「たちまち、死んじゃうんですか？」

「はい、たちまち」

大内は一瞬気が遠くなった。鎌倉雪ノ下の広大な邸《やしき》の一室で、小柳が見知らぬ男に鍼を打ちこまれる様子を、ありありと想像してしまったのだ。

小柳はあの夜、「そろそろいいだろう」と電話をしたのだろうか。

気を取り直して大内は訊《たず》ねた。

「では、もうひとつ。価格応相談というのは、何だね」

とたんに男は、まったく予想もせぬ、こわいことを言った。

「お出しになる金額に応じて、微妙にツボがずれるのです」

「……なんだ……何だよ、それ……」

「詳しくご説明いたしましょうか？」

大内と美也子は同時に肯《うなず》いた。

「まず、『遁龍法』には三種類のツボがあります。ほんの数ミリの差なのだそうですが、第一のツボを『龍穴《りゆうけつ》』と言い、第二のツボを『龍渠《りゆうきよ》』と言い、第三のツボを『龍《りゆう》洞《どう》』と呼びます。古来は王族の位階等級によって打ち分けられていたということで、わずか百年前の清代には、『龍洞』は皇帝崩御のツボ、『龍渠』は皇后、皇太后のツボ、そして『龍穴』は親王やその他王族の薨去《こうきよ》に際して用いられていたということです」

「わかったわ……」

と、美也子が唇だけで呟《つぶや》いた。

「つまり、現代ではそれを料金に換算しているというわけね」

「そういうことです――ああ、ここまで説明しちゃったのは初めてだな。会社には黙っていて下さいね、叱《しか》られるから」

男は前髪をかき上げて、困り顔をした。

「で、具体的な金額はどうなっておるんだ？」

「あ、はい。一番肝心なところですね。とりあえず、いま申し上げました通り、上、中、下、とありまして――」

「おい、その言い方はないだろう。鮨《すし》屋じゃあるまいし」

「松、竹、梅、ですか」

「もっとおかしいわよ。人のいのちの値段なんだから——」

美也子は額に手を当てて少し考えた。

「ファースト、ビジネス、エコノミー、ですか。ま、どうでもいいみたいだけど」

「じゃあ、それで行きましょう。まずエコノミー・クラスの『龍穴』は、一億円」

男がさらりと口にした金額に、大内は衝撃を受けた。自分の値踏みは奇《く》しくも的中していたことになる。そして、小柳が本当にこのライフサービス社を利用したのだとすれば、彼はエコノミー・クラスに甘んじたのだ。

「ビジネスは？」

「はい。ビジネス・クラスの『龍渠』は——ああ、この言い方、けっこういいですね。いつもは緊張するんですけど、何となく気が楽です」

「私語は慎みたまえ。真剣なんだ」

「あ、はい。ええと、そのビジネス・クラスの『龍渠』は、十億です」

「ばかな」と、大内は本音を口にした。

「いくら死に賃だからといって、十億の現金を自由に使える人間がそうそういるはずはない」

ていますから」

「いえ、けっこういらっしゃいますよ。私たち営業も一年に一本のノルマを課せられ

絶句するほかはなかった。どうしても男が嘘《うそ》をついているようには見えない。

「参考までに、その上を聞いておこうか」

男は薄い唇を結んで真顔になった。これがもし正当な商売だとしたら、ファースト・クラスの『龍洞』は彼にとって誇るに足る実績となるのだろう。

「参考までに、などとおっしゃらず、ぜひ。『龍洞』は十億円以上、金額は設定しておりません。お客様の全財産、全資産をちょうだいいたします」

「どうちがうんだ、その三つは」

と、大内は即座に訊《き》き返した。

「私どもを信じていただけるのでしたら、ご説明します」

とたんに、自分でも信じられぬほどの甲高い声で大内は言った。

「俺は、小柳さんの盟友だ。五十年間、ずっと苦楽を共にしてきた。それで、いいだろう」

大内は拳《こぶし》を握りしめて立ち上がった。わけのわからぬ会社に対して怒ったのではない。小柳との長い日々が、胸を埋めつくしてしまったのだ。かけがえのない友に死な

れてしまったと、大内はそのとき初めて思った。

美也子が腕を引いて大内を座らせた。

「……では、ご説明します。『龍穴』は即刻心臓が停止します。『龍渠』は安らかな眠りに引きこまれたのち、死に至ります。そして『龍洞』は——」

男は大内の表情を見つめてから、はっきりと言った。

「五感で幸福を味わいつくしながら、やがてうららかな春の陽射《ひざ》しを浴びるように、ゆっくりと人生を終える——これは、中華皇帝にのみ許された、人間として能《あた》うかぎりの至福の死です」

いつしか窓の外はたそがれていた。

男が帰ってしまってからもなおしばらくの間、大内惣次はソファに沈んだまま動くことができなかった。

4

「だあれだ」

籐椅子《とういす》にもたれてまどろむ大内の瞼《まぶた》を、小さな掌が被《おお》った。

「誰かな？　マアちゃん？」

「はァずゥれ」

「じゃあ、トモちゃん」

「また、はァずゥれ」

大内は八人の孫たちの名前を、ひとつずつ齢《とし》の順を追って口にした。

「リエちゃんだ」

「あたり。ピンポーン」

次男の末娘は芝生の上を舞いながら、祖父のガウンの腹に顔を乗せた。

「いつの間に来たんだね」

「さっき。おばちゃんは？」

「おばちゃんはパリに行ってる」

孫たちは誰も後添いのことを「おばあちゃん」とは呼ばない。もっともそういう齢ではないのだから呼ばれる方も「おばちゃん」でいいのだろう。

問題は、妻が海外旅行で不在のときにしか子供や孫たちが寄りつかないことだ。そう思えば孫たちが妻を「おばちゃん」と呼ぶ理由にも、親たちの暗い意思を感じる。

「美也子ねえちゃんは？」

「ああ、キッチンにいる。遊んでもらいなさい」

松永美也子が成城のマンションに越してきたのは秘書課勤務になった十年前である。偶然いい物件があってと美也子は言ったが、仕事の便宜を考えてのことだったにちがいない。

その熱心さがかえって仇《あだ》になり、美也子は家族たちから都合よくこき使われる羽目になった。メイドも雇ってはいるのだが、妻の口やかましさのせいで、誰もなかなか居つかない。その点、美也子は気がいいうえに、何を言いつかっても拒むことを知らなかった。勝気で子供らともそりの合わぬ妻とうまくやって行けるのが、秘書を替えることのできぬ大きな理由でもある。

リエが縁側から家に駆けこんで行くと、かわりに次男が庭に出てきた。

「おとうさん——松永君にあんなことまでさせていいのか。ちょっと公私混同じゃないのかよ」

「雅美が頼んで行ったんだ。俺は知らん」

「知らん、って……雅美さんも非常識だよな。何で秘書におさんどんまでやらせるの」

「松永君もべつに嫌がっているわけじゃなし、いいじゃないか」

「最低だな――」

と、次男は溜息《ためいき》をついた。

「もとを正せばおふくろが悪いんだ。松永君を私物化したのはそもそもおふくろなんだ。それをそっくりそのまま雅美が引き継いで――」

「呼び捨てはやめろ」

と、大内は声を荒らげた。

「すみません。だけど、おとうさんもおとうさんだよ。少し考えてくれなきゃ。いくら奥様に頼まれたからって、週末返上じゃあんまり気の毒だ」

「近ごろの家政婦は週休二日制だ」

「理由にはならないね。みんなで松永君に甘えているんだよ」

次男の英二はこの春、取締役に昇進した。だが後継者と決めるにはいささか心許ない。お世辞にも信望が厚いとは言えない。

「おまえだってかみさんに甘えてるんじゃないのか。この間、直訴にきたぞ」

「え……ほんと？」

「競走馬や酒はかまわんが、女道楽はたいがいにしろ。いくら金があっても家庭は壊れるぞ」

長男は英二よりできはいいが、頑固なところばかりが父親に似て、後添いを迎えて以来いちども顔を合わせていない。

「あにきから連絡はあるか」

「二、三日前に電話があったよ。来年はやっと教授になれそうだって」

「東京の私大からはいくらだって話があるだろうに、どうして国立にこだわるんだろうな。わからんね、あれの考えていることは——やれやれ、長男は学者バカの偏屈者、次男は道楽者、一人娘は亭主と別居中か」

「ねえさん、たまには来るの？」

答える気にもなれずに、大内は目を閉じて首を振った。異常なほどの潔癖症から亭主を追い出したほどの娘が、二つしか齢のちがわぬ雅美とうまく行くはずはない。

「そんなことよりね、おとうさん——」

と英二は籐椅子の袖《そで》に屈《かが》みこんで、あたりに目を配った。

「いやな話を聞いたんだけど」

「何だ」

「谷口専務から何も言ってこないか」

「谷口君が?——いや、聞いていない」

英二は言いづらそうに頭をかいた。

「この間、北京から帰ったときにね、成田で雅美さんを見かけたんだと」

大内は頭の中で手帳を繰った。そう言えば谷口専務が帰国した日と、妻がパリに立った日は同じかもしれない。

「あいつ、若い男と一緒だってさ」

「冗談はよせ」

怒鳴るつもりが、気の抜けた声になった。英二が見たと言うのなら、根も葉もない中傷かもしれない。だが専務の谷口は信頼に足る。ましてやよほどの確信がなければ、そんな話を英二の耳に入れるはずはなかった。

「専務、頭にきてたよ。だから、おとうさんには僕の口から言うことにした。つらいけど」

「何かの見まちがいだろう。谷口もこのところ耄碌《もうろく》したからな」

希望的に考えるほかはなかった。木洩《こも》れ日が目に応《こた》えて、大内は瞼を被《おお》った。

「いや、ちがう。谷口さん、声をかけそびれてね、少し様子を窺《うかが》っていたんだって。男と一緒にチェック・インして、抱き合いながらゲートをくぐって行ったそうだよ。

「谷口専務の秘書も見ている」

谷口の秘書とデスクを並べている美也子は知っているのだろうかと大内は思った。

「よし、松永君に聞いてみよう」

立ち上がりかける父を、英二は強い力で籐椅子に押さえつけた。

「だから、言ってるだろう。そんな女からおさんどんを頼まれて、おとうさんの面倒を見ている美也子の身にもなってみろ」

そう言ったとたん、英二の顔から血の気が引いた。怒りで紅潮した表情が、見る間に凍えついて行く。

「──おまえ、いま何て言った」

「だから、松永君が気の毒だって……」

「そうじゃない。どうしておまえの口から、美也子という名前が出るんだ」

英二は黙りこくってしまった。

「往復ビンタだな、まるで。雅美の件もショックだが、まさかおまえが……」

責める言葉すら思いつかなかった。いつだったか松永美也子から聞き出した私生活のありさまと、数日前に英二の妻が泣く泣く直訴をした内容とは、こわいほどに符合した。

相手はどうも会社の人らしいと嫁がためらいがちに言ったとき、どうして美也子のことが思いうかばなかったのだろう。

「まいったな、それは。世の中で信用できる人間は、おまえと松永君だけだと思っていたんだが……」

空気が脱けて行く。小柳の死に遭って以来、毎日懸命に充塡《じゅうてん》し続けていた体じゅうの空気が、音を立てて洩れて行く。

縁先から美也子の声が聴こえた。

「——あ、大内部長。おじゃましてます」

「やあ。ご苦労さん、すまんね。夕飯の仕度か？」

「はい。でも、部長の奥様に手伝っていただいて」

怒りと悲しみが真黒な塊になって、腹の底から突き上がってきた。

「そうか。じゃああとは女房に任せて——」

英二は札入れを出した。何をするつもりなのだ。

「これ、少いけどアルバイト代」

「困りますよ、部長。これも秘書の仕事のうちです」

混乱した頭の中で、大内は思いついた。死んだ女房は二人の関係を知っていたのではあるまいか。だとすると、亭主の死に水を取って欲しいという美也子に対する願いは、女房のわがままではなかったことになる。

まさか孫たちの未来を考えなかったわけではなかろうが、末期《まつご》の床で美也子のような女が嫁であったらいいと心から思ったのかもしれない。

「松永君、遠慮しないで持って行きなさい。ほんの気持だから」

英二はまるで美也子をその場から追い払おうとでもするように執拗《しつよう》な言い方をした。

「やめろ……」

気怠《けだる》さと吐気とで身を起こすこともままならずに、大内はようやく呟《つぶや》いた。

金の亡者《もうじゃ》と呼ばれてきた。政商と言われ、世間から蔑《さげす》まれ、あるときは被告人席に立ち、またあるときは右翼に命を狙《ねら》われた。そこまでして築き上げた人生の結末が、このざまだ。

いま札入れの中からわずかな金を鷲摑《わしづか》みに取り出しているのは、まぎれもなく自分の倅《せがれ》——いや、巨万の富の向こう側に塗りこめきれなかった、自分自身の姿そのものだった。

「やめろ！」

一声叫んで身を起こしかけ、大内は腹の中の真黒な澱《おり》を吐き出しながら、芝生の上に昏倒《こんとう》した。

油蟬《あぶらぜみ》の鳴き上がる青空に、小柳の声がこだました。

（もし仮に、死ぬときの苦痛からいっさいまぬがれるとしたら、君はいくら払うね――）

5

ここはどこだ――。

白い廊下を仰向いた体が滑って行く。

「大内さあん、大丈夫ですよォ。一般病室に戻りますからね」

ナース・キャップを冠《かぶ》った看護婦の顔が、少しずつ正確な像を結び始めた。ストレッチャーで病院の廊下を運ばれているということはわかった。ともかく、生きている。

付き添って歩いているのは――英二。専務の谷口。英二の妻もいる。

「あの、もう大丈夫なのでしょうか」

不安げに訊《たず》ねる声は、松永美也子だ。沈着な医師が答える。

「術後の経過は良好ですからね。ＩＣＵにいらっしゃる間にしゃべったこととか、面会にいらした方のことなどはたぶん記憶にないと思いますが」

脳出血か。手術をしたということは、たぶんあれから相当の日数が経《た》っているのだろう。たしかに記憶は欠落している。自宅で倒れた次の瞬間は、ここだ。

「心臓もお丈夫だし、意識もしっかりしていますから、一般病室に移した方が回復は早いでしょう。ご本人もだいぶ前から駄々をこねてらしたようですね」

「申しわけありません。わがままなもので」

と、英二が言った。

くそ、何がわがままだ。おまえに言われる筋合ではない。

エレベーターに乗る。目や耳ははっきりとしているし、たぶん口もきけると思う。ただ、手足が動かない。まるで首だけで生きているような気がする。

「わあ、ずいぶん立派な病室ですね。景色もすばらしい」

顔を倒すこともできなかった。天井だけでは何もわからないが、英二の言うところによると最高級の特別病室なのだろう。

費用はいったいどのくらいかかるのか。体がこれでは無駄な金だ。

まったく感覚のない体がベッドに移された。輸液の指示だけをして医師は病室から出て行った。

「おとうさん、午後から会議なんだ。社に戻るよ」

「社長、頑張って下さい」

と、谷口が手を握った。

ずいぶん気合が入っているが、おまえら役員が二十人束になっても、俺のかわりは務まらない。やれるものならやってみろ。

「雅美は？」

声はしっかり出た。だが、英二は聞こえぬそぶりでベッドから離れてしまった。

「松永君、それじゃあとはよろしく」

ドアが閉まった。いつの間にか嫁も看護婦もいない。松永美也子が枕元《まくらもと》に立っているらしい。そばにいるだけでやさしい空気が伝わる。ふしぎな女だ。

「雅美は、どうした？」

美也子は答えをためらった。

「ヨーロッパ中の支店に連絡をして捜しているんですけど」

「まだ捕まらんのか」

「はい。申しわけありません」

「いいよ。君が謝ることじゃない」

頭の上に屈みこんでいるのだろう。呼吸が顔に触れる。

「お加減、いかがですか」

「とても気分がいい。他の子供らは？」

「京都のご長男は、明日おいでになるそうです」

「呑気《のんき》なものだね……娘は？」

「さきほどお帰りになりました」

命に別状がないとはいえ、この場に親族の一人もいないことは悲しい。いや、異常なことだと思う。

結局自分は、大内惣次という傑物でしかなかったのだろう。誰も愛してはおらず、誰からも愛されることはなかった。

「どこか痛くはないですか」

大内はわずかに顎《あご》を振った。

「苦しくはないですか」

こみ上げてきたものは、自分でも信じがたい涙だった。この期《ご》に及んで自分の苦痛を斟酌《しんしゃく》してくれる者は、十年間従った秘書だけだ。

松永美也子はベッドの脇《わき》に回って、輸液チューブにつながれた大内の掌を握った。

「痛くも苦しくもないね。ただ――」

淋《さび》しい、と言いかけて大内は言葉を呑《の》んだ。そのとたん、まるで意思が通じたように美也子は大内の掌を頰に当てた。

「私、ずっとそばにいますから。どこにも行きませんから」

「仕事が、あるだろう。君でなければわからんことが、たくさん」

指のすきまから熱い滴《しずく》が流れた。美也子が泣いている。

「社長のおそばにいることが、私の仕事です」

この女は誰だ。

十年間、無駄な話はしたことがなかった。だからこの女については何も知らない。わかっていることはただ、短大を出て、十七年の社員歴を持つ、有能な秘書。そして、息子の女。

ならば、何のために泣く。泣いている場合ではあるまい。もし万がいち、自分が死ぬか再起不能になりでもしたら、戦が始まる。いま上手に立ち回らなければ、押し潰《つぶ》されてしまうぞ。

「英二を信じるなよ」

美也子は答えなかった。そんなことは百も承知だろう。英二は後継者としては齢《とし》も若く、器も小さい。スキャンダルが表沙汰《おもてざた》になれば当分の間、目はなくなる。永久に葬《ほうむ》り去られる可能性すらある。

「君は、放り出されるかもしれない」

「かまいません。私、男じゃないですから」

「では、君の十七年間は何だったんだね」

「そんなことを言ったら、女子社員はひとりもいなくなります」

鼻腔《びこう》に通されたパイプから、澄んだ酸素が流れこんでくる。悲しい風が体を満たして行く。

「英二を、愛しているのかね」

愚問だと思いながら、大内は訊ねた。

「初めは、愛しているって言ってくれたから。奥様がご病気になられたころです。でも、たぶん嘘《うそ》だったと思う」

「君は、どうなんだ」

「わかりません。でも花束を贈られれば、受け取りますよ、女は」

英二の姑息《こそく》な顔が思いうかんだ。愛していると、あいつは嘘をついた。子供のころから表裏のあるやつだった。

「つまり、僕とのアンテナに君を使おうとした。ちがうか」

「たぶん、そうだと思うけど。あんまり考えたくないんです、そういうことは――でも、もしそうだとすると、私きっとお払い箱ですね」

美也子は淋しい笑い方をした。

「私、何もしゃべりませんでしたよ。社長のことは。会うたびにそればかり訊《き》いたけど、社長は守りました」

「ありがとう」

公私のはざまで、美也子はどれほど苦悩したことだろう。

「社長は淋しいですね。誰も信じる人がいない。奥様は亡《な》くなる間際《まぎわ》まで、そればかりを心配なさっていらっしゃいました」

美也子の声は耳元で振られる鈴のように快かった。このやさしさは何だろう。

「英二を、愛しているのか」

「いえ。たぶん」

「はっきり言いたまえ」

「愛してはいません。淋しかっただけです」

心のうねりが一瞬静まった。

「そうか……それなら、いい」

　とたんに大内は、深く暗い眠りにひきずりこまれた。


　美しい夢を見た。

　成城の家の薔薇《ばら》垣は満開で、月夜の庭に、赤や黄色の夜光の花が咲き乱れている。

　ダイニング・テーブルに向き合っているのは、エプロン姿の美也子だ。

（君の素顔は初めて見たよ）

（コンタクト、入れたの）

（女房が死に水を取ってくれと言ったのは、つまりこういうことだったのか）

（そう。でも、そんなこと私から言えるわけないし。あなたがいつかプロポーズしてくれるんじゃないかって、ずっと待ってたの）

（思いもよらなかった。うかつだったな）

（鈍感ね。食事に誘われるたびに、きょうこそって思ってたんだけど、いつもお仕事の話ばっかり――おかわりは？）

（いや、やめておこう。少々カロリーオーバーだ。長生きしなくては）

（じゃあ、お庭でコーヒーでも）

テラスの琺瑯《ほうろう》の椅子《いす》に座って、月と薔薇を見た。

(ひとつお願いがあるんだが)

(はい、何でしょう)

(キスしても、いいかな)

(ご遠慮なく。夫婦ですもの)

静まり返った夜の庭で、二人は熱く長い接吻をかわした。

6

灯りを消した病室の窓辺に、ひと抱えもありそうな赤い薔薇が飾られていた。

「お目覚めですか、社長」

美也子は床に跪《ひざまず》いている。ずっと手を握ってくれていたのだろうか。

「何時かね?」

「まだ七時半です」

「食事をしないと時間がわからない――あの薔薇は?」

「さきほど買ってきました。売店の冷蔵庫の中に入っていたんです」

一晩何十万の病室代は払っても、花を届けてくれる者はいない。

「満月だね」

「東京湾の夜景がきれいです。少しベッドを起こしましょうか」

ベッドの背がせり上がると、レインボー・ブリッジを囲む湾岸の輝きが窓いっぱいに拡《ひろ》がった。

「月と薔薇のおかげで、いい夢を見た」

「どんな夢でしょう」

「それは——内緒だ」

このさき、首だけの体になって生きて行くのだろうか。食事や用便の世話まで美也子に頼るわけには行くまい。だが、他に誰がいる。

そう思ったとき、大内の口から魔物のようにひとつの言葉がこぼれ出た。

「そろそろ、いいだろう」

美也子は予期していたかのように顔を伏せ、大内の掌を両手で握りしめた。

洟《はな》をすすりながら、美也子は低い声をしぼった。

「それは、社長のご命令ですか」

「そうだ。電話をしてくれたまえ。ランクはもちろん、ファーストでいい」

いつものように、美也子は決して大内の意思に抗《あらが》おうとはしなかった。

「手帳のポケットに、貸金庫の鍵《かぎ》が入っている。暗証番号は僕の誕生日だ」

「全部、そこに？」

「ああ。通帳も株券も権利書もすべて入っている」

「それだけで、ちゃんとできるのでしょうか。あの会社は」

「もちろん。クライアントとしては最も有りうるケースじゃないか」

「かしこまりました」

大内の掌をベッドに置くと、美也子は月明りを横切って受話器を取った。

これでいい。

窓ガラスに忠実な秘書の後ろ姿が映っている。自分の考えに毛ほどの疑いも持たず、すべてを言われたままに実行し続けてきた、ただひとりの部下。

十年の間、彼女はおのれの意思で何かをしたことがあったのだろうか。

「申しわけありません。不在のようです」

「不在？――おかしいね。二十四時間態勢だと言っておったはずだが」

「またかけ直してみましょう――新聞、お読みになりますか」

「ああ。すまないが、読んで聞かせてくれるかね」

「はい」

美也子は窓辺のソファに座ると、スタンドを灯《つ》け、夕刊を開いた。

「どうしたね？」

眼鏡の奥で眉《まゆ》をひそめ、美也子は紙面に食い入っている。

「何か、大事件かね」

「ライフサービス社のことが」

どうせそんなことだろうと思うそばから、真暗な絶望が大内を包みこんだ。

「読みたまえ」

小さく咳払《せきばら》いをしてから、美也子は新聞を読み始めた。

死の商人を摘発
警視庁と神奈川県警は、「死の苦痛と恐怖からまぬがれる秘法」というふれこみで過去一年にわたり八人のお年寄から計九億六千万円余りを欺《だま》し取っていた詐欺《さぎ》グループ、通称「ライフサービス」を一斉摘発、関係者十二名を逮捕した。
摘発のきっかけは、今年八月に亡くなった神奈川県鎌倉市在住の会社役員から一億円を詐取した件で、遺族から被害届が提出され……

「もういい」

と、大内は目をきつく閉じた。

「小柳さんは、偶然の心臓発作だったんだね」

「それは、わかりません。詐欺だったのかどうかは――」

大内は小柳の安らかな死顔を思いうかべた。秘術そのものの欺瞞《ぎまん》性が明らかになったわけではないのだ。

だが、ライフサービス社が摘発されてしまった今となっては、もうそんなことはどうでもよい。

「これで、死の苦痛と恐怖からまぬがれることはできなくなったわけか」

「社長は信じていらしたのですね」

「さあな。だが、あの営業マンの言った効果は、たとえマニュアル通りの説明にしろ魅惑的だった。本当にあんな最期《さいご》を迎えられるのなら、僕もすばらしい人生だったと言える。言い切れるだろうね。貧乏な生れ育ちをしようが、兵隊にとられてひどい目に遭おうが、何べん死に損なおうが……」

自分は愚痴を言っている。誰にも聞かせたことのない悪い人生を語っている。そうとはわかっても、言葉は止まらなかった。

「悪どい金もうけをして人を泣かせ、俺は鬼だ、これは戦の続きなのだと自分に言いきかせようが、そして――つれあいに先立たれ、子供らに裏切られ、部下たちには獣のように恐れられ、それもすべては、金、金、金、金こそが目に見える幸福なのだと信じ続けた結果だ。だがそれでも、最期には金と引き替えにあんな幸福が買えるとしたら……」

声がつまると、営業マンの言い残した言葉が甦《よみがえ》った。

（――五感で幸福を味わいつくしながら、やがてうららかな春の陽射《ひざ》しを浴びるように、ゆっくりと人生を終える――これは、中華皇帝にのみ許された、人間として能《あた》うかぎりの至福の死です）

突然、耳の奥に轟音《ごうおん》が響いた。闇《やみ》の奥に滑り落ちて行くような目まいが襲った。

「社長！」

愕《おどろ》いて覗《のぞ》きこむ美也子の顔が朧《おぼ》ろに霞《かす》んで行く。もういい、ごくろうさん、と大内は胸の中で呟いた。

身を翻《ひるがえ》して病室から駆け出そうとした美也子は、ドアの前で立ち止まった。月明りの中に白い顔を振り向ける。

　窓の外の夜景を見つめ、何を思ったかうなじで束ねた髪を解き落とすと、眼鏡をはずした。そして、十年の間、毎朝出迎えてくれた愛らしく輝かしい笑顔で、ゆっくりと近寄ってきた。

　月光に彩《いろど》られた美也子の美しさに、大内は目を瞠《みは》った。

「惣次さん。愛しています。心から」

　温かな腕が大内のうなじに回された。押しつけられた頬は絹のように心地よかった。ふくよかな胸が合わせられると、体じゅうの痛みは嘘《うそ》のように消えた。

　大内は月光に洗われた美しい顔を見、おびただしい愛の言葉を聴き、匂《にお》いたつ女の香りを嗅《か》ぎ、導かれるままにその肌に触れた。

　唇が重ねられたとき、大内はうららかな陽射しに満ちた花園で、そうしているのだと思った。

「惣次さん。愛しています。心から」

　ふいに、体が軽くなった。

　いましめを解かれたように、大内の体は浮揚した。

何という心地よさだろう。

夜の窓を通り抜けて振り返る。美也子は背中を慄《ふる》わせながら自分の骸《むくろ》を抱きしめていた。

死に賃を払いそびれてしまったと、大内はまばゆい光の道を遠ざかりながら、兵隊のように頭を下げた。

奈落

高層エレベーターで墜死

十二月十一日午後一時十五分ごろ、新宿区西新宿の東陽物産本社三十八階のエレベーターから、同社総務部庶務課課長代理・片桐忠雄さん(五二)が転落し、全身を強く打って即死した。片桐さんは正午から行われた役員昼食会の進行役を務めていたが、会の終了後に出席者を誘導してエレベーターに乗りこもうとしたところ、同階にエレベーターが到着していないにもかかわらず外扉が開き、誤って転落したものとみられる。警視庁新宿署では、ビルの保守点検業務に不備がなかったかどうか捜査を始めた。

1

「なんだかねえ……」

「まったく、なんだかねえ……」

「こういうときの地下鉄って、憂鬱《ゆううつ》になるわね。お寺からタクシーで帰ればよかった」

「新宿から相乗りしてこうか」

「もしかして、お通夜《つや》の受付をしたんだから、経費で落ちるかも」

「まさか。社葬じゃないもの」

「みたいなもんじゃない。親類は弟さんとそのお嫁さんだけ。別れた奥さんはお焼香だけしてとっとと帰っちゃう。あとは会社の人ばかり」

「ひどいわよねえ」

「ひどいわよねえ」

「私、あしたのお葬式はパスよ」

「もちろん私も。そのために今日とあしたに人を振り分けたんじゃないの」

「でもねえ……片桐さん、気の毒だし」

「気の毒で、ボーナスが出たばっかの日曜をつぶすわけ？——バーゲン行こうよ、バーゲン」

「エミ。あなたけっこう冷たいのね」

「冷たい？　やめてよサッちゃん。課長が言ってたじゃないの。二日も付き合わなくていいって。あしたも頭数は揃《そろ》うんだから、行くことないわよ」

「そりゃあ……私だって行く気はないけどさ。それよっか、あしたお清めのつもりでバーゲンに行ったら、何だかバクハツしちゃいそうな予感がして。カードの残高、計算しとかなくちゃ」

「お清めか。そりゃいいわ。そういう大義名分がないとね、お買物でバクハツはできない」

「じゃあ先月のバクハツは？」

「聞かないで。男に振られたお清めよ」

「ところで、エミ。片桐さんの別れた奥さんって人、よく見た？」

「よく見たもなにも、私、前から知ってるもの」

「えッ、何よそれ」

「話してなかったっけ？」

「聞いてないわ。何であなたが、片桐さんの奥さんなんか知ってるのよ」

「どうでもいいことだから話してなかったのね。ほら、おとおとしだったかな、片桐さんたらマヌケにも社員旅行の前の日に、積立金をまるごとデスクの上に忘れて帰ったでしょ。こんな分厚い封筒」

「――あ、思い出した。課長が片桐さんの家まで届けろって。まったく頭にきたわよ。課長ったら、社員旅行をアリバイにして不倫旅行に行くつもりだったでしょ。バレバレなんだから。で、自分は積立金を預かるわけにはいかないから、エミをつかまえて家まで届けろって。ひどいわよねえ」

「ハイハイ。行きましたよ。マヌケな上司と勝手な上司のおかげで、デートすっぽかしてさあ」

「で、奥さんと会った」

「そりゃ、コーヒーぐらいはいれてくれるわよ。片桐さんたらね、私が行くまで気が付いてなかったの。積立金をまるごと会社に忘れてきたこと。ドアを開けたとたんに、キョトンとしてさ。何だね須藤君、何かあったのか、だって」

「サイッテー」

「サイテーでしょ。旅行の幹事がさ、経理課へ行って積立金をもらってきて、そっくりデスクの上に忘れて帰っちゃってさ。旅行は今日のあしたよ。それで、忘れたことにずっと気付いてもいない」

「奥さんに説明したの？」

「アッタマきたから、玄関で言ってやったわ。かくかくしかじか、こんな大事なものを会社に忘れてったんですよォ、って」

「そしたら？」

「奥さん怒る気力もないって感じ。ウンザリした顔で亭主を見てた。けっこうきれいなのよね、奥さん」

「そうそう、私もさっき見て、ビックリしちゃった。齢《とし》だってずいぶん離れてるでしょう、片桐さんと」

「ひと回り以上ね。だって子供が二人とも、まだ小学生だもの」

「噂《うわさ》は本当かしらね」

「噂って？」

「ほら、奥さんが男を作ってさ、子供つれて出てっちゃったっていう噂」

「さあ……ううん、でもわかるなァ。あの奥さんなら、まだ男の一人や二人はできたってふしぎじゃないわ。子供だって面倒見るっていうぐらいの男はいるわよ、きっと」

「情けない話よねえ、片桐さん」

「女房子供に逃げられ、出世だってすでにお先まっくら、あげくの果てにはハコのないエレベーターに乗っちゃって」

「奈落の底にまっさかさま」

「ところでエミ。片桐さんにまつわる、もうひとつの悲惨な噂、知ってる」

「なに？――そう言われても、片桐さんて悲惨な噂のかたまりだからね。実は吉岡常務と同期入社で、とか」

「そんなのちっとも悲惨じゃないわよ」

「じゃあ、総務部長が実は四年も後輩で、片桐さんが、入社のときの指導社員だった、とか」

「ハッハッ、その話、総務部長のオハコだもんね。顔を合わせるたびに片桐さんのこと『先輩！』だもの。イヤミなやつ」

「イヤミじゃなくって、いじめっ子。まああの人は、上にペコペコする分だけキッチリ下をいじめるから――なに、その悲惨な噂って」

「……片桐さんね、バブルで目いっぱい踊ったらしい。箱根と山中湖にリゾートマンション。都内にワンルームのマンションを三つ。行きもしないゴルフの会員権に、つぶれちゃったリゾートクラブのメンバー」

「うわ。それって、悲惨」

落 「でしょう。今さら売れない、借り手もいない。やもめぐらしの中野のマンションだって、真最中に買ったんだから。借金しめて二億円」

「うそ！」

奈 「嘘《うそ》じゃないわよ。計算してごらんなさいな、月々セッセと返済したって、それぐらいは残っているはずだから」

「よく借りれたわね、そんなに」

「そりゃあなた、東証一部上場の商社員よ。あのころの銀行ならいくらだって貸したわ。もっとも、言うなりに借りた人は珍しいけど」

「いないわよ、そんな人」

「兄弟とか親戚《しんせき》とかからも借金して、不動産を買いまくったらしい。で、愛想つかされて、葬式にだって誰も来やしない」

「いよいよ悲惨だわ」

「まあ、落ちこぼれた人生を一挙に挽回《ばんかい》しようってつもりだったんでしょうけど、ただのバカよね」

「バカはわかってたけど、そこまでバカだとは……」

「だからね、エミ。私、こんなこと言いたくないけどさ、今度のことはね、何となく片桐さんの運命だったみたいな気がするのよ。あの人、どんどん落ちてってさ、それでとうとう、カラッポのエレベーターから、本当に落っこっちゃった」

「それって、偶然じゃなくって、必然ってこと？」

「おお。うまい言いかたするじゃない。つまりそういうこと。同期の吉岡常務みたいに、やることなすこと何でもうまく行って、たぶんこの先も社長は確実って人もいるけどさ、それって、必然でしょう。吉岡さんの能力と努力の結果」

「もうひとつ、要領のよさの結果」

「はい。それもあるわね、たしかに。だとすると、反対の人生もやっぱり、すべてが必然だわよ」

「……何だか怖くなってきた。ハコのないエレベーターに乗っちゃったのが、必然の運命だなんて」

「寒い。あした、カシミヤのコート買う」

「ストールも」

「こうなったら、バクハツするわ。ゴールドカード、パンクするまで買いまくってやる」

「そうよ、バクハツよ」

「さ、新宿よ。どうする？　タクシー、相乗りしてく？」

「だったらサッちゃんち、泊めてよ。あした待ち合わせるのも面倒だし」

「だーめ。男が来てる」

「あら、聞き捨てならないわ」

「いちいちあなたに申告する必要ないでしょ。男ができたのできないの、なんて」

「ごもっともです。じゃあ、マンションの前まで送ってくわね。あした、何時？」

「目が覚めたら電話するわ」

「グダグダ寝てるんじゃないわよ」

「私、男と朝寝するのって、嫌いなの。それどころか、その気にもならないわ、きょうばかりは」

「徹夜で片桐さんに付添っていなけりゃならない不幸な男もいるんだからね」

「山尾君と、もうひとり誰だっけ、あの人」

「人事部の小野田さん。ちょっとカッコいいわよね、彼」

「独身？」

「残念でした。奥さんも子供もいるわ」

「何でまた、人事部の人がお通夜するのよ」

「さあ。人事部なんて、片桐さんとは縁もゆかりもないはずだし」

「前にどこかの部署で一緒だった、とか」

「そりゃないわよ。片桐さんはなにせ、庶務課一筋だもの。それとも私たちが入社する前に、あの小野田さんて人が庶務課にいたのかしら」

「ともかく、何かしらご縁があるんでしょ、片桐さんと」

「ご苦労様、ってとこね。サッちゃん、きょうはしちゃだめよ。バチが当たるよ」

「男の肩ごしに、片桐さんがボーッと立ってたりして」

「やめてっ！　私、今晩ひとりなんだから」

「でーるーぞー」

「……やっぱ、よそに泊まるわ」

「よそって、どこ？」

「泊めてくれる男ぐらいいるわよ。泊まりにはこないけど」

「電話してからにしなさいよ。そういう男には、たいてい都合のよしあしがあるんだから」

「方向がちがうから相乗りもやめ。あしたは携帯に連絡してちょうだい」

「あーあ……なんだかねえ」

落「まったく、なんだかねえ……」

「いやねえ、地下鉄って。お通夜の帰りに乗るもんじゃないわ」

「なんだかねえ……」

奈「まったく、なんだかねえ……」

2

「いったい、なんだったんですかね……」

「なんだったんだろうな、まったく」

「あ、線香が消えちゃう。つけなきゃ」

「もうほっとけよ」

「そうはいきませんよ。通夜だっていうのに誰もいないんだから、せめて線香ぐらい絶やさないようにしなくちゃ」

「ところで、ご遺族は？」

「ちょっと休んでくるって。車の中で寝てるんでしょう。ワゴン車だし」

「夫婦で？」

「そうみたいですね。お寺のセレモニー・ホールっていうの、便利でいいけど畳がないのはあんがい不自由です。ゴロゴロできない」

「ここも、庶務課が段取ったんだって？」

「はい。実質的な社葬ですね。とりあえず自宅に近いところで探したんですけど、親類も近所の人もこないんじゃ、あまり意味がなかった」

「その唯一《ゆいいつ》の遺族っていうのも、とっとと車の中で寝ちまうし。いっそ会社の会議室でやりゃよかったな」

「――いけない。本気で考えちゃった」

「今後の選択肢として、頭に入れておいたらどうだ」

「こんなことが二度起こるもんですか。第一、天涯《てんがい》孤独のサラリーマンなんて、そうはいないですよ」

「組合も冷たいよな。花輪と香典だけで、誰も手伝ってくれないし」

「僕と小野田さんがこうしているじゃないですか」

「ああ、そういう意味か。いちおう俺とおまえとは組合からきてるってことだな——だが、本当はちがう」

「はい。僕は片桐さんの部下、ということで」

「俺は事故の目撃者というそれだけの理由。べつに死に水とったわけでもないのに、警察で事情聴取されるわ、みんなからは根掘り葉掘り聞かれるわ、あげくに通夜の番人だと」

「一歩まちがえば小野田さんが落っこってたんですから、仕方ないですよ」

「ばかよせ。ドアが開いて、エレベーターがあるかどうかぐらいはわかるよ」

「片桐さん、ボーッとしてたから。前にもね、階段踏みはずして足を挫《くじ》いたことがあったんですよ」

「にしたって、エレベーターがあるかないかぐらいはわかるだろう」

「わかりましたか？」

「あたりまえだ。あのな、山尾。よおく考えてみろよ。時刻は真昼間の一時十五分。場所は陽光がさんさんとさし入る、三十八階のエレベーター・ホールだ」

「その状況はわかっています。僕だって会議室の後かたづけをしてたんですから」

「あ、そうだ。そうだったな。なら、わかるだろう。片桐さんはエレベーターのボタンを押してた。階数表示は消えたまま、到着のランプだってつかなかったのに、いきなり三号機のドアが開いたんだよ。片桐さんは右側に立っていて、俺は左側にいた。ドアが開いたとき、あれェ、って思ったよ。だって、まっくらじゃないか」

「ちょうど社長と会長が会議室から出てきたそうですね。で、片桐さんは後ろ向きにドアを押さえながら、エレベーターに乗っちゃった」

「ちがうって。俺はこの目で見たんだ。わずか一メートルのところで。片桐さんは後ろ向きじゃなかった。ちゃんと前を向いていた。ものすごくふつうの感じで、にこにこ笑いながらエレベーターに歩みこんだんだよ」

「……ものすごくふつう、って、こわいですね、それ」

「そう。声を出す間もなかった。落っこったというより、スッと消えた感じだったな」

「消えた」

「うん。スッと消えてなくなった」

「…………」

「ところで、小野田さんはどうして三十八階にいたんですか。役員フロアなんかに」

「そんなこと、どうだっていいだろう」

「どうでもいいですけど」

「人事の担当役員に急用があったんだ」

「というと、矢崎常務？」

「そう」

「……あのね、小野田さん。矢崎常務は昼食会に出席していなかったですよ」

「え……」

「変だな。嘘ついてません？」

「どうして俺がお前に嘘をつかなきゃならないんだ——まあ、飲め」

「どうも。ねえ、小野田さん。ここだけの話にしておきますから、本当のこと教えて下さいよ」

「嘘も本当もないさ。俺は矢崎常務が三十八階にいると思って——」

「矢崎さんは出張中でしたよ。それよりもねえ、すごく気になってるんですけど、けさ庶務課に刑事が来てね、訊《き》かれたんです」

「ちょ、ちょっと待て、山尾。それ、本当か」

「本当ですとも。片桐さんと小野田さんの関係をしつこく訊かれました——あれ、どうしたんですか？　顔色が悪いですよ」

「俺、酔うと青くなるたちなんだ」

「ねえ、小野田さん。隠してること、教えて下さいよ。片桐さんとはどういう関係だったんですか」

「まいったね……」

「誰にも言いませんから」

「……あのな、俺、片桐さんに呼び出されたんだ。社内電話で」

「何ですって？」

「話をつけようって。昼食会の間、時間があいているから、小会議室へ来いって。ほら、あの部屋は役員の密談室みたいなものだろう。昼食会の最中なら、社内で一番ひとめにつかない場所なんだ」

「それはわかりますけど——何なんです、話をつけるって」

「ちょっと穏やかじゃないんだ」

「教えて下さいよ、ねえ」

「あのなあ……実は俺、片桐さんの持ってるワンルーム・マンション、借りてたんだ」

「えっ……どういうことかな。そんなに親しかったはずはないけど」

「その先を聞く気があるか」

「中途半端でやめられる話じゃないでしょう、おたがい」

「ま、いいや。お前の口の堅さを信じよう——たしかに俺と片桐さんは接点がない。ではなぜ、あのバブル・マンションを借りたかというとだな——実はな、俺は庶務課の須藤エミと付き合っていたんだ」

「……そ、それ、マジですか」

「人に自供を無理じいしておいて愕《おどろ》くなよ。こんなこと、冗談にも言えるもんか」

「あの須藤さんと、小野田さんが……」

「おまえなあ、オフィス・ラブなんていうのは、どういう組み合わせだって不自然は何もないんだ。会社が世間から孤立した閉鎖社会だという現実を認めろ。あの四十階建てのビルは、いわば絶海の孤島だ」

「すごい論理ですね。だから社外の女と恋に堕《お》ちるよりも、むしろ自然だと」

「そうさ。俺たちはみな、二十四時間、入社から定年まで東陽物産の社員なんだ。社の外に恋人を見つける余裕がどこにある」

「……ま、わかりました、それは。で？」

「で、だな――つまり俺と須藤エミは、二年ほど不倫関係にあったんだ」

「想像できないな」

「あのな、山尾。想像のつくような不倫なんて、むしろ少いんだぞ。スキャンダルは出世の大敵だ。しかも、男女雇用機会均等法が施行されて以降は、女子社員にとってもそれは同じ。だから、ドロドロした恋愛関係はありえない。社内恋愛はむしろ情報収集の一手段さ」

「これまたすごい論理ですねえ――でも、一理あるな、たしかに。須藤さん、仕事できますからね。結婚なんて考えてもいないみたいだし、似合わないし。で、その二人がどうして片桐さんのマンションを？」

「おまえ、片桐さんが不動産投資で大変なことになっていたって、知ってるだろう？」

「ええ。噂《うわさ》では」

「須藤エミは独身だけど、便利な場所にマンションを買ったせいで人の出入りが多い。しかも実家が近くて、しょっちゅう親がやってくるんだ。ラブホテルは人目につくし、シティホテルは金がかかる。密会の場所を考えあぐねていたところに、隣りの席の片桐さんから誰かワンルーム・マンションの借り手がいないかと、話を持ちかけられた」

「ほう。渡りに舟、ですね」

「まあな。空家になっていたその部屋は北新宿で、会社からは歩いても行ける。家賃も安いし、礼金はいらない。俺の家と須藤エミのマンションは方角が逆だから、会社の近くならロケーションとしては絶好さ。だが——まさか二つ返事で私が借ります、とは言えない」

「ほう、ほう。それで？」

「合の手は入れるなよ。それでだな、しばらく保留にしておいたところ、片桐さんはかなり強引にセールスしてきたらしいんだ」

「セールス、ですか」

「そう。君でもいいんだよ、とか、誰かとワリカンならタダみたいなものだろう、とかな。しまいには、人目につかない場所だとか、僕は口が堅い、とか」

「何ですか、それ……」

「うん。どうやら片桐さんはな、須藤エミにそういう事情があることを感付いていたらしいんだ」

「ああ、それわかる。わかります。片桐さんて、情報魔なんですよ。長い社員歴とヒマのせいでね、いろんなことを知ってるんです。仕事上はどうでもいいことばかりなんですけど」

「だろうな。そのうえ、なお愕くことにはだ、お相手が俺だということも察知していた」

「どうして?」

「須藤エミとはデスクが隣り合わせだからな。たぶん電話の内容と、社内メールの覗《のぞ》き見だ。気をつけていたつもりだったが、一度や二度は俺の名前が耳に入ったかもしれない。ともかく情報を分析してお相手の部署を特定し、容疑者を絞りこんで、ある日突然こう言ったそうだ——人事の小野田君、なかなか有望ですな。付き合っておいて損はないですよ……」

「うわ、脅迫じゃないですか」

「それに近いな。かくなる上は借りるしかあるまい。もっとも片桐さんはあの通り毒にも薬にもならない人だし、怖くはなかった。詳しいいきさつを説明する必要もないしな。で、めでたくご契約の運びとなった」

「おめでとうございます。さて、話を戻しましょうか。それがどうして、三十八階の小会議室に呼び出される羽目に？」

「一年たらずの間に、須藤エミとは別れた。別に理由はないよ。オフィス・ラブなんてものは二年ももてば上々だからな。おたがい冷めただけさ。密会の場は必要なくなったから、不動産屋に行って解約。ノープロブレムだと思ったんだがな」

「大家さんが文句をつけてきた」

「その通り。デスクの隣り同士じゃ文句も言いづらいから、いきなり俺に電話を入れてきたんだ。契約書によれば、部屋を引き払うときには三ヵ月前に通告することになっている、だから二ヵ月分の敷金は没収。プラス一ヵ月分のペナルティをよこせ、と」

「セコいな、それ」

「だろう。そんな金、べつにかまわないけどな、言われたときはいささか頭にきたんだ。他人のプライバシーを覗き見して、脅迫同然のことをしておきながらだ」

「また脅迫ですかね」

「いや、ちっとも怖くなかったよ。考えてもみろ、片桐さんにだって他人に知られたくない事情はあるんだ。自己破産寸前なんだぜ」

「そうか。店子《たなこ》のことなんて、誰にもしゃべるわけにはいかない」

「だから、しばらくほっぽらかしておいたんだよ。もっともその間は、毎日の電話攻撃さ。まるで借金取りみたいに。こっちは一言も敷金を返せなんて言ってないぜ。部屋もきれいに掃除して、鍵《かぎ》だって不動産屋に返して」

「つまり、一ヵ月分のペナルティをよこせって、毎日？」

「そうだよ。そこまで言われたらこっちだって意地になる。たかだか十万円のことだがね。いまから考えてみれば、払っとけばよかった。おかげでいやな思いをさせられちまった」

「あのう、小野田さん。いちおう聞いておきますけど、小会議室ではよっぽど揉《も》めたんですか」

「……おい、おまえ、俺を疑ってるのか」

「いえ、疑うなんて」

「殺すはずはないぞ」

「じょ、冗談を。みんなが見ていたんですから。そうじゃなくて――」

「要するに、片桐さんは自殺で、その原因は俺にあると疑っているんだろう」

「だから、疑っているわけじゃないですよ。ただ、よっぽど揉めたとしたらですね、発作的な行動の引金にはなったかもしれない、と」

「――まあ、飲め」

「いただきます。寿司、食いますか」

「食おうか。腹もへるよな、まったく。あのなあ、山尾。俺はバカバカしくって弁解なんかする気にもなれないんだよ。もし万がいち警察に訊かれても、同じ答えをするしかない。小会議室で、片桐さんはこんなことを言った」

「何て？」

「小野田君、キミ、私のことをナメてるんじゃないんですか。こう見えても人脈はあるんですよ。総務担当常務の吉岡さんも、君の直接の上司の矢崎さんも、私の同期なんです。たしかに君は出世頭かもしれないけど、たかだか十年の社員歴なんて、私の一言ですべて書き換えられるんですよ。君、十万円で人生を棒に振る気ですか――」

「ハッハッハ、何ですかァ、それ」

「ハハッ、おかしいだろう」

「笑っちゃいますね」

「うん、だからそのときも笑っちゃったんだ。怒る気にもなれなかった。怖いなァ、勘弁して下さいよ片桐さん。突然の海外勤務なんていやですよ。でも、十万円払うのもいやですよォ——そしたら片桐さんは、グイと目を据えて」

「あの金壺《かなつぼ》マナコをグイと据えて」

「わかりました、小野田君。どんなことになっても、後悔はしなさんな、と」

「ハッハッハッ……ハッ……ハ……ちょっと待って下さい、小野田さん。どんなことになっても、って……意味がちがうんじゃないですか」

「……どんなことになっても……まさか、な……」

「まさか、ね……」

「俺、もしかして引金を引いちまったのか」

「さあ……でも、まっすぐ前を向いて、エレベーターに歩みこんだんでしょう。スッと消えちゃったんでしょう？」

「い、いや。ちがう、やっぱりそうじゃない。ドアを押さえながら後ろ向きに……そうだよ、昼食会が終わって、会場から出てきた会長と社長に向かって頭を下げながら、後ずさって……あれは事故だ」

「わかりました。すみません、いやな話をさせちゃって」

「まあ飲め。おかげで本当のことを思い出させてもらった。そうだ、後ろ向きだった。まちがいない」

「ご遺族、寝かせたままでいいですよね」

「いいよ、いないほうが」

「しかし、あの弟さん、片桐さんにそっくりですね。気味悪いぐらい」

「雑貨の移動販売とかいうの、やってるんだそうだ。ほら知ってるだろう、スーパーの店頭なんかで、百円均一の雑貨を売ってる――」

「ああ、それでワゴン車の荷台に、段ボールがたくさん積んであるんですね」

「兄貴はなまじ大学なんか出たからこんなことになった、とか言っていたな。その通りかもしれない。片桐さんは一番不似合な人生を選んだんだ。何年たっても、どうやっても身丈に合わない人生さ」

「怖くなってきた。自分のことをよく考え直してみないと」

「おまえは大丈夫だよ。組合の委員もちゃんと二年務めりゃ、庶務課からは脱出できる」

「大丈夫かな、本当に……このまま三十年じゃないだろうな」

「妙なこと考えるなよ。マイナス思考は悪い現実を引き寄せるぞ」

「ヒェー、たまらないな。あした葬式が終わったら、きれいさっぱり忘れます」

「そうしろ。俺も忘れる」

「寒いですね。ストーブ、もう一台こっちに持ってきましょう」

「そういえば、仏さんの顔、拝んでなかったけど」

「見ても仕方ないですよ。ミイラみたいに包帯でぐるぐる巻き。グチャグチャですから」

「そうか。三十八階からだもんな。じゃあ、やめとくか。線香だけは上げとこう」

「いったい、なんだったんですかね……」

「ナンマンダブ、ナンマンダブ——なんだったんだろうな、まったく」

3

「やれやれ、なんだったんだろうね」

「なんだったんだろうな、さっぱりわからん」

「ともかく、ご苦労様でした。まさか君が来てくれるとは思ってもいなかった」

「いや、べつに片桐の訃報《ふほう》を聞いて帰国したわけじゃないよ」

「アレ、ちがうのか」

「冗談よせ。わかってるくせに」

「出張はあさってまでだと聞いていたけど」

「常務会に俺だけオミットされてたまるか」

「だと思ったよ。相変らずソツのないやつだな。向こうでの仕事は片付けたのか？」

「当たり前だ。だいたい人事担当の俺がだね、どうしてこの時期に長い出張なんかしなけりゃならないんだ」

「そりゃ、矢崎。なにも僕が仕組んだわけじゃないよ。一年に一度ぐらいはだね、海外支店や現地法人の社員たちと接して、状況を確認しておくのは必要なことさ」

「と、専務か副社長が言っていたのか？」

「まあな」

「そうすべきでしょうと、おまえが言ったんじゃないのか？」

「考えすぎだよ――水割りでいいかな」

「ワインリストをもらおう。いい店だな、会員制か」

「そうにはちがいないが、ホテルのバーなんていうのは、誰だって会員になれる。ドアの向こうはビジターでもかまわない」

「ふうん。じゃあ、俺も会員になっておこう。おまえともそろそろ旧交を温める時期がきたようだ。欧州総支配人もイギリス東陽物産の社長も来年はリタイアだというし、つまりそういう状況を確認しておけ、ということだな、今回の出張は」

「考えすぎるなって」

「おい吉岡。ぶっちゃけたところを聞こうじゃないか。今回の出張は脅しか、それともおまえの仕掛けた罠《わな》か」

「罠？——なんだい、それは」

「海外赴任組の後任は、前任者と面識がある者のほうがいい。俺は欧州総支配人の加藤さんとも、イギリス東陽物産の宮内さんともつきあいがない。つまり出張の目的は人事担当常務の俺が彼らの状況を確認するためではなく、彼らに俺の姿形を確認させるため、だと」

「おいおい、矢崎。ちょっと被害妄想《もうそう》じゃないのか」

「三十年も一緒に仕事していれば、おまえの考えていることなんて手に取るようにわかるさ。しかも同じ総務畑を手をつないで歩いてきたようなものだ。おたがい女房と一緒にいる時間より長いんだぜ」

「——もし図星だったとしたら、どうする？」

「どうしようもあるまい。序列からすれば総務担当のおまえのほうが一枚上だ。だからこうして、話をしようとしているんじゃないか」

「話なら聞くが」

「——と、こういう流れになるな。どうもおまえはイニシアチブを取るのがうまい。俺から言うことはただひとつ。脅しはけっこうだが、罠はやめてくれ」

「もう少し具体的に」

「この齢《とし》になって海外には出たくない。おまえの実力はよくわかった。優位に立とうとは思わんし、せりかけるつもりもない。だから今さら、同期を追い落とすようなことはしないでくれ」

「わかった。二度と口にするなよ」

「信じてるぞ、吉岡」

「さて、まずは乾盃《かんぱい》だ」

「勝利の盃《さかずき》、か」

「いや、固めの盃だ。君が僕を信じてくれたように、僕も君を信じる」

「乾盃。三十年間の友情のために」

「未来のために」

「——ところで、きょうは片桐の通夜《つや》だ。故人のおもかげを偲《しの》ぶのが礼儀というものだろう」

「そうだな。三十年前には僕と君と片桐との三人で、よく飲みに行ったものだ」

「おまえは一番おとなしかったくせに、いつもイニシアチブを握っていたような気がする」

「そんなことはないさ。言い出しっぺはいつだって片桐だった。あいつはふしぎなやつだったよ。飲み屋の開拓だって、いつもあいつだったしな。ともかく情報を持っているやつだった」

「入社して何年かは、とてもあいつにはかなわんだろうと思っていたんだがな。吉岡、おまえどう思っていた」

「ううん……そうだな、そうかもしれん。妙に明るいやつだったし、テキパキしていたし、上司のウケだってよかったはずだ」

「な、そう思うだろう。おとなしくて目立たぬおまえが今や総務担当常務、ガラッパチで失敗ばかりしていた俺が、人事担当常務。だのに何であいつが、庶務課課長代理のままなんだ」

「他人事《ひとごと》のように言うなよ。人事権を掌握しているのは君だろう。もうちょっと何とかしてやれなかったのか、同期のよしみってやつで」

「何とかできるものならとっくにしていたさ。俺が人事部に移ってきたころには、もうどうしようもなかった。片桐のやつ、庶務課の椅子《いす》に根っこが生えちまっていたんだ」

「せめて課長職とか」

「課長にするのなら異動させなけりゃだめさ。庶務課長というのは、ともかくマメで、機転がきかないと。細かい仕事を片っ端から片付けるんだからな。俺だって考えなかったわけじゃないぞ。どうやったら片桐を課長にすることができるかって。何度も本人に打診したんだ。地方の営業所に出る気はないか、海外はどうか、子会社に出向しないか、と」

「へえ、知らなかった。努力してくれてたんだな、君も」

「そうだよ。みんなはまるで俺が片桐を殺したみたいに言うけど」

「誰も言ってないよ、そんなこと。おい矢崎、やっぱり被害妄想じゃないのか」

「おまえにだけはわかってもらいたいんだ。片桐のやつ、子供がまだ小さいから転勤はいやだという。海外は言葉が不自由だ。子会社に出て、知らない人間と仕事をする自信はない。要するに、今のままがいいって言うんだ。おい吉岡、聞いてるのか」

「聞いてるよ」

「だから、庶務課課長代理っていうのは、片桐本人の意志なんだ。あいつが、そのほうがいいって言ったんだ。そりゃたしかに、商社マンとしては最低のポストだよ。この数年のあいつの仕事といえばだな、会議のお膳立《ぜんだ》てと冠婚葬祭、あとはメンテナンス会社との付き合いぐらいのものだ。それだって若い連中がみなやっちまうだろう。だが、それでもいいって言うんだから、仕方ないじゃないか。それをだな、まるで俺が同期を殺したみたいに蔭口《かげぐち》を叩《たた》かれたんじゃ、たまったもんじゃない。わかってくれよ、吉岡。俺に責任はないぞ、断じてない」

「何を興奮しているんだ。疲れてるんじゃないのか。誰もそんな蔭口なんか言ってやしないよ」

「いいや、みんなが俺をそういう目で見ていた。会長も社長も、若い社員まで、まるで殺人犯でも見るみたいに」

「落ちつけ、まあ飲めよ」

「何だよ、吉岡——その目は」

「おいおい、僕はべつに——」

「やっぱりそうか。おまえ、この事件の責任を俺にとらせるつもりなんだな。それで、俺を春の人事異動で、ロンドンに飛ばすつもりなんだろう。俺さえいなくなれば、おまえにはトップの椅子が約束されたようなものだ」

「まいったな……おい、矢崎……おい、何も泣くことないじゃないか。どうかしてるぞ」

「悪かったよ……俺が悪かった。すべて俺のせいだ……」

「え？」

「本当のことを言うから、この件はおまえの力で何とかしてくれ。なあ、吉岡。俺の負けだ。完敗だよ」

「矢崎、言いたいことがあったら、何でも言え。この際だから聞いておこう。本当のことって、何だ？」

「片桐のことさ。知ってたんだろう？　ぜんぶお見通しだったんだろう？」

「……まあ、な……」

「あのな、俺はべつに悪気はなかったんだ。たしかにあいつは、再三にわたって俺に泣きごとを言ってきた。もちろん最初は、まじめな相談だった。二十年以上も昔の話になるが」

「二十年前？」

「そうだ。俺たち三人がいっぺんに動いた年さ。おまえが経理課、俺が秘書課に行って、片桐が庶務課に配属された年だよ。誰から見たって、片桐は仕事のできるやつだった。シャープで、クレバーで、体力も十分にあった。あのころの庶務課はロートルと縁故採用の女子社員ばかりしかいなかったから、若くて優秀な男をひとり欲しかったんだ。あいつはよく働いた。会社の雑務という雑務を、ひとりで請け負っていたようなものさ。久しぶりで飲んだとき、あいつはまじめな顔で俺に相談したんだ」

「ほう。僕が経理に配属された年というと……三十かそこいら、だな」

「考えてみれば、あの年の人事が俺たち三人の人生の岐路だった。あいつはそのことを予感していたんだ」

「どういう相談だったんだい」

「このまま庶務課に居座ってしまいそうな気がする、と。そりゃそうだ。あのころの庶務課の働き手はあいつひとりだったんだから。覚えているだろう、先代の会長の社葬を、片桐はひとりで切り盛りした。新社屋の落成のときだってそうだ。とりわけ総裁選にまつわる疑獄事件のときの、あいつの活躍はめざましかった。マスコミをあんなふうにコントロールするなんて、誰にもできることじゃない」

「そうだ……すっかり忘れてたな。片桐はたいしたやつだったんだ」

「俺だって忘れてたよ。あいつが同期の中じゃ群を抜いた逸材だったなんて」

「片桐はあの苦難の時代の、大功労者だったんだ」

「やつはこう言った。庶務課員としてできるだけのことはする。しなければならない。だが、こういう役回りに埋もれたくはない、って」

「まさしくその通りになった、というわけか」

「何年かして、俺が人事課長に抜擢《ばってき》されたとき、頭を下げられたんだ。庶務から出してくれ、と。だが相変わらず片桐は唯一《ゆいいつ》の働き手だった。とりあえず庶務課長に上げるほかはないと俺は思った。それは上司たちの総意でもあった」

「知らなかったな。そんな早い時期に、あいつにも昇格人事の話があったのか」

「ところがあのバカ、社長じきじきの内示を拒否しやがった」

「うわ、本当か」

「同席していたんだよ、たまたま。三十なかばで庶務課長といえば、けっして悪い話じゃない。前例はないけれど、そこから総務部長、役員と進むコースだって考えられぬわけじゃないだろう」

「そうだな。理屈からすれば大いに有りうる。ただし、庶務課長というポストは老練な叩き上げと相場は決まっているが」

「だから、あいつはそれにこだわったんだ。自分の能力を信じていればこそ、万がいちにも妙なポストに嵌《は》まりたくなかったんだろう」

「で、どう拒否したの」

「ああ、そのときのセリフはまだ覚えている。聞いていて鳥肌が立ったもの」

「社長にめんと向かって、か」

「そう、めんと向かって。葬式の名人にはなりたくありません——だとよ」

「……葬式の名人、か」

「あいつはたしかに、葬式の名人だった」

「何だか……背筋が寒くなった」

「俺もだ。思い出して、ゾッとした」

「それだけじゃあるまい。僕に告白することは」

「ああ」

「言えよ」

「うん……片桐は決定的に社長の不興を買った。その松浦社長がやがて会長になり、カリスマ性を発揮して今日まで長期政権が続いているんだから、片桐は気の毒というほかはない」

「松浦会長らしいな。あの人は恩も恨みも、けっして忘れない」

「俺とおまえはトントン拍子さ。カリスマの覚えめでたく、同じ総務畑を手をつないで歩いた。部長昇格も一緒、役員にも一緒に上がった。その間、あいつはずっと庶務課課長代理だ」

「いま気付いたんだが、課長代理っていうポスト、ほかにあるか？」

「実は俺も近ごろになって気付いた。課長補佐はいるけれど、課長代理って、あいつひとりなんだ」

「何だよそれ。人事担当役員の君でも、説明がつかないのか」

「説明はつくさ」

「聞かせてくれ」

「つまり——課長代理という役職名はだな、松浦天皇にさからった逆賊、という罪状さ。あいつはその札を首にぶらさげて一生を終えるはめになった」

「苦しいな、君の立場も」

「わかってくれるか、吉岡。俺だって何とかしてやりたかったんだ。だが松浦会長の下した罪状を、どうして俺の一存ではずすことができる」

「それで、片桐の泣きごとを、ずっと無視し続けた、と」

「不本意ながら、だぞ。あいつは葬式係以外なら何でもいいとまで言った。南米でも、アフリカでもいいって。嫁さんを貰《もら》って人生をあきらめるまで、ずっと言い続けていたんだ」

「おそい結婚だったな、そういえば」

「奈落から這《は》い上がるためには、身軽なほうが有利だと考えていたんだろう。独身者の海外勤務は希望が通りやすい」

「それでも、二度と課長の椅子は回ってこなかった」

「そう。庶務課長の椅子すらもな」

「なあ、矢崎。君がすべてを告白してくれたんだから、お返しと言っては何だが、僕からもひとつ興味深い情報を伝えておこう」

「何だね。たいていのことなら知ってるよ」

「いや、これだけは知らない。醜聞中の醜聞、極めつきのトップ・シークレットだ」

「ほう……」

「誰にも言うなよ」

「俺は東陽物産の常務取締役だ」

「ほかの常務は知らない。もちろん、専務も副社長も。知っているのは、僕と、松浦会長と、近田社長だけだ」

「聞き捨てならんな。何だ、それ」

「片桐の女房の件」

「……片桐の女房、だと？」

「あれはな、拝領妻ってやつだ」

「…………」

「いいか、矢崎。気をしっかりもって聞けよ」

「あんまり怖い話はしないでくれ。こう見えても俺は、あんがい気が弱いんだ」

「片桐の女房、知ってるよな」

「知ってる。秘書課の花だった。拝領妻って、まさか……」

「その、まさかさ。近田さんが副社長から社長に昇格するとき、松浦会長はある条件を出した。身のまわりを整理しろ、と」

「近田社長の女だったのか？」

「そう。近田さんはあの通りエネルギッシュな人物だが、すべてにおいてパワフルだ」

「知らなかった……近田さんとは、俺が一番親しかったはずだが……」

「そういうところが、近田さんのすごさだよ。大胆にして繊細。誰にも尻尾《しっぽ》を摑《つか》ませない」

「ちょっと待て、吉岡。だったらなぜ松浦会長が知っていたんだ」

「その点は、謎《なぞ》だ。ただし、僕は確信的な仮説を持っているがね」

「わからない。とても想像できない」

「いま君が、チラッと想像したことだよ」

「え？……いや、まさか」

「あの女は、会長とも関係があった。あれほど緻密《ちみつ》な性格の近田さんが、秘書との関係を会長に悟られるはずはない。ということは、ほかに考えようがなかろう」

「だとするとだな、これはどうだ。あの女はもともと会長の女で、それを近田さんが拝領し――」

「ちがうね。会長は自尊心のかたまりだ。まちがってもそんなことはしない。また、独占欲のかたまりでもあるから、寝取られぬまでも別れた女が近田さんと関係したとわかれば、たちまち地球の果てまで飛ばすよ。だとすると、答えはただひとつ」

「ただひとつ……」

「近田さんが、女を献上した」

「……なるほど。会長からの拝領ではなく、社長からの献上か」

「松浦会長はひとかどの人物だ。献上品を吟味はしても、それ以上の扱いはしない。わかるだろう、そのあたりの判断はあの人ならではのものさ。後継者に操られることなく、後継者を操る。そのためには吟味だけしておいて、ごちそうさま、と返す。そして、君の誠意は尊重する、身ぎれいにするのなら社長にしよう、と」

落「やはり一枚上手ということか」

「いや、近田さんはその筋書を期待したのかもしれない。秘密を分かち合うことで、松浦会長との関係を築こうとした」

「そして、松浦会長はその申し出を了承し、秩序を作った」

奈「そう、秩序だ」

「近田さんは親しい関係を構築しようとしたが、会長は秩序という関係を与えた。長期政権の体制は作られた」

「どうだね、矢崎常務。この推理はなかなか説得力があるだろう」

「ところで——その二人の秘密に、どうしておまえが？」

「うん。そこが肝心だな。あれは僕がまだ総務部の次長だったころだよ。会長と、当時の近田副社長に呼び出されたんだ。で、とんでもない密命をたまわった」

「おい、そのあたりはありのままを頼むぞ。飾るなよ」

「わかった。では実況録画で。時は十月、雨の晩だ。ところは赤坂の『むら松』。酒を勧めながら、松浦会長は微笑を絶やさずに言った。むろんメガネの奥の、あの細い目は笑っていなかった。――吉岡君、キミを将来の幹部と見こんで、ひとつ頼みがある」

「タバコ、もらうぞ」

「やめたんじゃなかったのか」

「うるさい。続けろ」

「では、続ける。――実は来年の春から、この近田君に社長の席を譲り、私は会長に退こうと思うのだがね。東陽物産を任すことのできる人材は、彼をおいて他にはいないと思う。近田君の人格識見については、君もよくわかっているだろう。しかし、彼には瑕瑾《かきん》がある。なに、そんなものは瑕《きず》というほどではないがね。つまり近田君は、博愛精神に富んだロマンチストで、きわめてエネルギッシュな艶福家《えんぷくか》なのだよ。むろんそれらは、実業家としての彼の資質のうちでもあるのだが。そこで――」

「かくかくしかじか、か」

「まあ聞けって」

「その、かくかくしかじかはいい。吐き気がする。愛人を、どうしろと言うんだ」

「愛人とか女とか、そんな言葉はもちろん使わなかった。目をかけていた秘書が、と言った」

「ふん。同じことじゃないか」

「つまり、その目をかけていた秘書が、熱心に仕事に専念するあまり婚期を逸した。近田君はそれが心残りだ、と」

「あの女はそんな齢《とし》じゃなかったろう。たしか片桐とは一回りも離れていた」

「当時、三十を少し出たぐらいかな。ともかく、仕事に専念するあまり、婚期を逸したんだそうだ。そこで、ひとつ見合いでもさせようと思うのだが――」

「庶務課課長代理の、片桐君はどうだろう、かよ」

「そう。いきなり名ざしてきた。ついては同期入社の君に、仲介の労をとってもらいたい、というわけさ。今どき儀式的な見合いというのも何だから、君がさりげなく紹介をして、キューピッドになってくれたまえ」

「おい、吉岡――俺はだんだん腹が立ってきたぞ。何で俺だけが、みんなから白い目で見られなけりゃならないんだ。俺の責任なんて、可愛《かわい》いもんじゃないか、おまえらのしたことに比べたら」

「おいおい、おまえらはないだろう。僕は善意の第三者だよ。考えてもみろ、これで新しい体制はでき上がる。女は腐れ縁を断ち切って、初婚でマジメ一方の男と結婚できる。片桐にしたって、四十を過ぎてあんな別嬪《べっぴん》を嫁にもらえるんだ。そうした話の仲介をする僕は、まさに平和と幸福のキューピッドだろう」

「吉岡よ」

「何だね。目が据わってるぞ」

「あのな、海外出張に出るとき、つまり先々週のことだ。片桐のやつ、俺を成田まで送ってくれた」

「庶務課の仕事か？」

「いや、仕事なら配車とチケットの手配だけだろう。あいつ、ハイヤーの助手席に乗ってな、朝の五時半に俺を迎えに来てくれたんだ。車の中で、ずっとしゃべり続けていた」

「泣きか？」

「まあな。女房子供と別れたから、どこかに単身赴任させてくれないかって……そういうことがあったから、俺は責任を感じたんだ。本当は、とるものもとりあえずに、すっ飛んで帰ってきたんだよ。常務会なんてどうでもよかったんだ」

「話がどんどん変わるな」

「女房と別れたこと、おまえ、知ってたのか」

「知ってたよ。総務部長から聞いていた」

「何とも思わなかったのか。パート先で若い男を作ったんだとよ。子供もそっちの男にすっかりなついちまって、電話一本よこさないそうだ」

「お気の毒に」

「おまえってやつは……お気の毒にはないだろう」

「君に言われたくはないね。きれいごとを言うなよ、矢崎。人事担当重役である君が、片桐の頼みを聞き届けられなかったとは言わさん。そんなもの、何とでもなったはずだ。ちがうか、おい。ただ面倒くさかっただけだろうが。朝の五時半に迎えにこられて、実はウンザリしたんだろうが」

「おい、吉岡」

「なんだよ」

「俺は今、心に決めた」

「ふん。さっきの敗北宣言は取り消すか。僕と事を構えるつもりかね。上等だ。来年の春とは言わん、来週にでもロンドンにトンボ返りさせてやる」

「いや。そんなバカな真似はしない。明日、辞表を出す」

「……冗談だろ」

「しかし、タダではやめんぞ。こうなったらマスコミに全部バラしてやる。出版社だって新聞社だって飛びつくさ。なにしろ俺は、東陽物産の常務取締役だからな」

「全部って、何を……」

「洗いざらいだよ。いまここで聞いた話ばかりじゃすまさないぞ。おまえが総会屋とつるんで何をしてきたか。松浦や近田が、どうやって役人を籠絡《ろうらく》しているか。政治家と結託しているか。全部、ぶちまけてやる」

「待て、矢崎。話し合おう」

「いやだ。俺は東陽を潰《つぶ》してやる。こんな会社、世のためにならない。これは天誅《てんちゅう》だ」

「待て、矢崎！」

「今さら後の祭りだ。首を洗って待ってろ」

「ああ……ああ……どうなってるんだ、いったい……なんなんだよ、これ……何がどうなってるんだ……」

4

「なんだったんでしょうね、会長」

「ううむ。わからんねえ。いったい何が、どうなっているのか」

「昇降機が到着していないのに、エレベーターのドアが開くなんて。そんなトラブルなど、機械としては考えられませんな」

「ああ、君。社長の家から回ってくれたまえ。そのほうが早いだろう」

「とんでもございません、会長。お送りさせていただきます——君、いいよ、会長のご自宅から先に回ってくれたまえ」

「……近田君」

「はい、何でしょうか」

「きょうの通夜《つや》には、行くべきではなかったね」

「はあ。会長がお出ましになるほどの葬《とむら》いではないと思ってはいたのですが。おいでになられたときは、びっくりいたしました」

「迷ったのだがね。しかし考えてみれば、片桐君とも因縁があるし」

「気になさるほどのことではありません」

「だが、気になった」

「会長にご焼香までしていただいて、片桐君も喜んでいることでしょう」

「やはり行くべきではなかった。すっかり気分が滅入ってしまって……」

「やや、これは会長らしからぬお言葉を」

「そう言う君だって、さきほどから顔色が真青だよ。何だったら、明日の葬儀は遠慮させてもらいたまえ。葬儀委員長の吉岡君だけで形にはなるだろう」

「そうさせていただきましょうか。ほかの役員も何人かは来るでしょうし」

「ああ、矢崎君もロンドンから戻ってきていたな。たしかその二人は、故人の同期だった」

「矢崎常務も同期でしたか。そう思うと、当たり年ですな」

「片桐君を除いてはね」

「少しお休みになって下さい。ご自宅に着きましたらお起こしいたします」

「眠る気にもなれん……しかし、なんだったのだろうね、まったく信じられん」

「あまりお考えにならぬほうがよろしいかと」

「考えるなと言っても……どうも片桐君の末期《まつご》の顔が、瞼《まぶた》に灼《や》きついて離れんのだよ。

昨夜もほとんど眠れなかった」

「実は、私も――」

「もし僕の見まちがいでなければ、片桐君は笑っていたような気がするのだが。その笑顔が消えないんだ。どうしても」

「たしかに、笑っていたような……」

「やはりそうかね。あのとき君は、僕のすぐ後ろにいたね」

落「はい。昼食会の会場から出て、エレベーター・ホールまで」

「ということは、同じ角度から目撃してしまったわけだ。話を何度も蒸し返してすまないが、君の見た通りを教えてくれたまえ。どうにも自分の見たものが納得できん。思いすごしもあるだろうし、錯覚ということもあるかもしれん」

奈「片桐君は、三号機の前に立っていました。ボタンを片手で押したまま、こちらを向いて」

「そのときも笑っていたな、たしか」

「はい。にっこりと笑っておりました」

「ドアが開いて――」

「そのまま歩みこんでしまったのです」

「一瞬、足元を見たように思うのだが」

「やはりそう思われますか。気付かずに歩みこんだというより、いったん足元を見てから、大股《おおまた》で一歩――」

「ということは、自殺か」

「いや、それはないでしょう。カラのエレベーターのドアが開いたのは、まったくの偶然ですからね。それも技術的にいうのなら、考えられぬ偶然です。とっさに自殺をしようなどと思うわけはありません」

「奈落の底を覗《のぞ》きこんでから、歩みこんだのだよ。あれが自殺でなくて何なのだね」

「目の前でとっさに起きたことが、ピンとこなかったのでしょう」

「あのな、近田君。週明けにエレベーターのメーカーと、ビル・メンテナンスの会社を呼んでくれたまえ。どうしても説明が聞きたい」

「まだ自殺の可能性がある、とおっしゃるのですか」

「ふむ。たとえばそういう細工がだね、人為的に可能なものなのかどうか、それが知りたい」

「つまり、片桐君が事前に細工を施していたという――まさか」

「いや、わからんよ。彼のように庶務の仕事が長ければ、ビルのメンテナンスにも詳しいだろうし」

「いくら詳しくても、そこまでは」

「あのな、近田君」

「はい」

「君は片桐君のことを、いつごろから知っておるのかね」

「新入社員のころから知っております」

「だろうね。彼はそれくらい印象深い社員だったことになる。少くとも、若い時分には」

「なかなか有能な男でした。少くとも、若いころには」

「そう。僕でさえはっきりと記憶しておるのだから。で、その若い時分の印象をさらに訊《たず》ねようか」

「てきぱきとしておりましたな。機転がきいて、目から鼻に抜けるとでも言いましょうか。経験を積まねばできないようなことを、そつなくこなす男でした。たとえば――」

「たとえば？」

「木下藤吉郎」

「ほう……だが、言い得て妙だな、それは」

「のちの彼しか知らぬ若い社員たちからは、想像もできますまい。あの男ほど年齢とともに精彩を欠いていった社員はいないと思います」

「先代会長の葬儀のときのことを、覚えているかね」

「はい。片桐君がひとりで取りしきったようなものでした。日ごろの仕事ぶりもさることながら、会社が催す冠婚葬祭はそもそも彼が基本型を作ったようなもので――」

「葬式の名人、か」

「は？」

「いや。たしか古い小説の題名にそんなものがあった。ふと思い出したんだが、何だか片桐君にふさわしい」

「葬式の名人、ですか……なるほど」

「考えすぎてはいけないかな」

「と、申しますと？」

「いや――やめておこう。考えすぎだ」

「ところで会長。さきほど厚生課長から妙な話を聞いたのですが」

「あ――少しウトウトしてしまった。何だって？」

「申しわけありません、お休みの邪魔をしてしまいました」

「いや、かまわん。何だね？」

「厚生課長から聞いたのですが、片桐君はどうも住宅ローンの返済に苦労していた様子で、社内借入金の返済計画の見直しを再三希望していたというのです。それは原則としてできないことなのですが」

「理由が気になるな」

「それがですね。どうやら景気のよかった時代に、無謀な不動産投資をしていたらしいのです。株などでもずいぶん損をしたらしい」

「どの程度？」

「何でも、残債が二億とか」

「二億？――ちょっとオーバーなんじゃないかね」

「もし自殺だとすると、十分に動機となりうる金額です」

「家庭は？」

「さあ……二億の借金を抱えれば大変でしょうけれど……あまり詮索《せんさく》する気にはなれません」

「同感だ」

「ともかく片桐君は追いつめられていたのでしょう」

「いったいどのあたりから、人生が狂ってしまったのかねえ」

「会長――」

「何だね」

「いえ……この話はもうやめませんか」

「僕に言いたいことがあれば、遠慮なく言いたまえ」

「何事も肝胆あい照らして語り合うことが、必ずしもいいことだとは思いませんから」

「黙して語らぬことも必要だと」

「はい。そう思います」

「それで済むだろうか」

「は？……どういうことでしょうか」

「あのな、近田君。これは僕の勘だがね」

「うけたまわります」

「何だか、すぐ近くに危険が迫っているような気がするのだよ。目に見えぬ巨大な罠《わな》がね、われわれの周囲にぐるりと仕掛けられているような」

「……実は、私もさきほどから、そんな気がして……」

「気のせいだよな」

「とは思いますけれど」

「あんなやつのために、わが東陽物産がどうにかなるなんて、そんなことはあるはずがない」

「そんなバカな――」

「だが、ふと考えてしまった。人間、死ぬ気になればどんなことでもできる。有能な人間が、全身全霊を傾けて周到な計画を練り、そのうえ命までかければ、たぶん世界を破滅させることだってできる」

「会長、もうじきご自宅に着きます。ゆっくりお休み下さい。話の続きは、また改めて」

「いいや、ことは緊急を要するぞ。私の勘は正しい。社に戻ろう、近田君」

「いけません、会長。きょうはお休みになって下さい。さあ、到着しました」

「だめだ。この件だけはなおざりにしてはならん……役員会を招集しろ……あいつに、あんなやつにやられてたまるか……」

「会長！　しっかりして下さい、どうかなさったんですか！」

「作るよりも……壊すほうが簡単だ……おい、近田……近田……胸が……」

「クラクションを鳴らせ！　おおい、誰か！　奥さん、奥さん、会長が！」

「落ちる……落ちる……落ちる」

「奥さん！　救急車を、早く！」

「落ちる……ああ、落ちる……」

佳人

「ああ、そうそう。あんたらにひとつ相談があるんだけどね」

　母はそう言って炬燵《こたつ》からむっくり起き上がると、大きなショルダーバッグをかき回した。

　うららかな元旦の午後である。上京してきたのはクリスマス・イブなのだから、今になって忘れていたことを思い出したわけではあるまい。年を越して新一や妻がのんびりくつろぐころあいを見計らって、話を切り出そうと考えていたのだろう。

　妻はテレビから目を離して、うんざりと新一を見る。

「あのねえ、おかあさん。気持はわかるんですけどね、うちの人も部長になったから、今までみたいにキューピッドってわけにはいかないんですよ」

「キューピッドって？」

　老眼鏡をかけて、母は写真の束を選《え》り始めた。

「つまり、軽い気持でお嫁さんを紹介することにはならないんです。部長にどうだと言われれば、いやだって無視するわけにはいかないし、それにうまくまとまればまとまったで、私たちが仲人《なこうど》をしなけりゃならないでしょ」

母はまるで耳を貸すふうがない。返す言葉のかわりに、何枚かの写真を妻の前に置いた。

「この子は、いい子だわ。今までの中でも、まずピカイチね。短大出で、頭がいい。器量はごらんの通り。しっかり者の兄さんが家の跡は取るから、いつでも嫁に出られるし。それがどうして三十まで独身でいたかというとだね、本人の口からちらっと聞いたんだけど、地元で嫁に行きたくないんだって」

「あのねえ、おかあさん――」

と、妻は並べられた写真をぞんざいに見ながら溜息《ためいき》まじりに言った。

「はっきり言いますけど、こういうことって、おかあさんの趣味じゃないんですか」

「やめろよ、和江」

と、新一はようやく口を挟んだ。

「あら、趣味だったら悪いの、和江さん」

「悪いですよ。会社だって、昔みたいにのどかな職場じゃないんですから。うっかりしていたら、いつ寝首をかかれるかわからないんですよ。ましてや部長職ともなれば、お嫁さんの紹介なんて簡単にすることじゃないわ」

母はべつに怒るふうもなく、妻の前から写真を引き上げると、新一に手渡した。

「ねえ、いい子だろう。和江さんがいなけりゃおまえの嫁さんにしたいぐらいだ」

妻は炬燵を揺るがして立ち上がり、猫を胸に抱いて居間から出て行ってしまった。

三年前に父が死んでから、母は故郷の山梨で独り暮らしをしている。体は丈夫だが、七十になったら引き取ろうと、かねがね妻とも話し合っていた。都内のマンションを売って、晴れた日には富士山が手に取るように望まれる郊外に一戸建ての家を買ったのも、一番の理由はそれだった。

「かあさん。和江にはもう少し気を遣ってくれよ。わかるだろう、そんなことは」

「私はあんたらの世話になんかならないよ。こんなに近くに越してきてくれたんだから、もういいじゃないか。中央線で一時間ちょっとだろ、おまえが会社に行くのとたいして変わらないじゃないの」

「今は健康だからそんなこと言えるんだ。もう七十なんだからな。しばらく連絡がないと、俺も和江も気が気じゃないんだぞ」

「へえ、和江さんも心配してくれてるの」

「当り前じゃないか」

苛立《いらだ》ちながら倅《せがれ》の差し向けた銚子を受けて、母はうまそうに咽《のど》を鳴らした。

美しいなりに上手に老《ふ》けたな、と新一はしみじみ思う。地元市議会の議長まで務めた父は、経済界とはほとんど縁のない清廉《せいれん》な地方政治家だった。そして母は、いわば清廉なファースト・レディだった。農家の嫁の地位向上に尽力し、また同時に地域の大問題である嫁さがしにも奔走した。そうした行動力が、母を美しく老いさせたのだと思う。

「やっぱり、おせっかいかねえ……」

静まり返った元旦の、午後の弱日《よろび》に目を向けて母は呟《つぶや》く。

「東京のサラリーマンは、嫁さんの来手のない農家とはちがうからな。はなから結婚する気のないやつが多いんだ」

「べつに趣味っていうわけじゃないんだけどねえ……」

母にしてみれば誠実な行動の続きなのだから、けっして趣味などではあるまい。

「和江もちょっと言いすぎだな。俺から説教しておくよ」

言いながら新一は、手渡された写真を見た。なるほど、母が推奨するだけのことはある。

「美人だな」

「ね、そう思うだろ。高校のときはバスケットの選手で、インター・ハイにまで出たんだ。農協の預金係をずっとやっているからね、お金勘定はしっかりしているし。びっくりしたのはね、この間オーストラリア旅行に一緒に行ったんだけど、英語がぺらぺらでガイドなんかいらないの」

「農協の旅行か。そういえば、みやげ話も聞いていなかったな」

「だから、これがみやげ話よ」

どうやら旅先での写真であるらしい。明るい日ざしの中の女の表情は、いかにも人生のうちの最も美しい時間にさしかかっているように見えた。

「ずっと同じお部屋だったのよ。九日間も寝起きを一緒にすれば、よくわかるわ。いいところも、悪いところも。だから思いつきだとか趣味だとかじゃないよ。ほんとに、いい子なんだから。ねえ、新ちゃん。誰かいい人いないかね」

上京するたびに携えてくるこの手の話は、もちろんすべて柳に風と受け流してきたのだが、一度ぐらいはまじめに聞いてみようかと新一は思った。

部下の吉岡英樹のことを、とっさに思いうかべたからだった。

その夜、寝室に入ってから新一は真顔で妻に切り出した。

「え？——吉岡さんと」

妻の呆《あ》きれ顔はほんの一瞬のことで、じきに思慮深い表情に変わった。

「そりゃまあ、美男美女でけっこうだとは思うわよ。でもねえ、今どきこんなふうにお見合いだなんて……」

「いや、あいつは見合いでもさせなきゃだめだ。それに、ここだけの話だが、吉岡はこのままだとまちがいなく海外に飛ばされる」

「それは痛いわね、あなたにとっては」

「そうだろ。あんなに優秀な人材を、独身だという理由だけで抜かれるのはたまらん」

経費節減のために、海外駐在の所帯持ちを独身者と交替させているのは、この数年の人事の傾向だった。三十八歳で独身の吉岡英樹は年齢からしても社員歴からしても、海外の支店長には恰好《かっこう》の人物である。

「決まった人とか、いるんじゃないの。吉岡さんなら」

「それはない。俺が保証する。考えてもみろ、クリスマスだって、うちでやったじゃないか」

口に出してから、新一と妻は思いついてぎょっと見つめ合った。

「そうか——おふくろ、吉岡のことを言ってるんだ。酒飲みながら、子供らなんかほっぽらかしで吉岡とばっかりしゃべってた」

「そういえば吉岡さんも、けっこう楽しそうにしてたし——ううん、これはちょっと真剣になるわよね。吉岡さんなら誰にだって勧められるし、私、あの人なら仲人をやってもいいわよ。縁遠いだけで、まったく非の打ちどころのない人だもの」

非の打ちどころがないという表現は、けっして大げさではない。男の目から見ても女の目から見てもそう思えるというのは、吉岡英樹がいかに完全な人物であるかということだ。

一流大学卒の商社マン。身長は一メートル八十センチ、性格は明朗闊達《かったつ》、語学は堪《たん》能《のう》、同期では出世頭の本社課長職で、将来を最も嘱望されている人材である。ただし、いまだ独身であることは、大きなハンディキャップにはちがいないが。

「吉岡さん、ほんとに彼女はいないの?」

「いない。俺は少くともここ十年のあいつのプライバシーは知り尽くしている。ずっと独身寮で、若い奴《やつ》らからは化石みたいに思われているんだ」

「だったら、話を進めてみましょうよ。吉岡さんはあなたのことを信頼しているんだし、そう言っちゃ何ですけど、あなたが部長になれたのも、何分の一かは吉岡さんの力じゃないの」

「え？……まあ、そりゃそうだけど」

妻が急に積極的になったのにはとまどったが、ともかくこの際、かけがえのない部下を手元に置いておくためには、有効な手段にちがいない。

「私、おかあさんに言ってくる。あなたは吉岡さんに電話してよ。善は急げ。あした遊びに来いって。お正月なんだから理由はいらないわ」

妻はまさしく善は急げという感じで、寝室から飛び出して行った。

煙草《たばこ》を一服つけて、新一は考えた。

たしかに名案だ。三月の定期異動までに話を進めてしまえば、あとは自分の力で海外への配転を阻止できるだろう。

しかし問題は、完全無欠の男である吉岡がなぜ三十八歳の今日まで浮いた噂《うわさ》のひとつもないのか、ということだ。それはそれで上司としてはけっこうなことだから、まじめに考えたためしはなかったが、やはり奇妙ではある。

縁談を持ちかける前に、腹を割って聞いてみようと新一は思った。

あくる二日の朝、吉岡英樹はさっそうとやってきた。

玄関に紺色のBMWが止まり、長身の吉岡が降り立つさまを、母と妻は二階のカーテンのすきまから覗《のぞ》いていた。

「やっぱり男前だよねえ、あの人。ほんとに彼女はいないのかしら」

「いないんですって。うちの人が断言するんだからまちがいないわ。ずっと仕事一途《いちず》で、これといった道楽もないのよ」

「だったらお似合いだわ。ああ、新郎新婦の晴れ姿が目にうかぶわねえ」

「それにね、子供も好きなのよ。うちの子供たちなんか、ちっちゃいころは日曜のたんびに吉岡さんがキャッチボールのお相手だったもの」

「そういうの、新一はだめだからねえ」

「吉岡さん、甲子園球児なのよ」

「へえ。そりゃいよいよお似合いだわ」

「二回出場して二回とも一回戦で負けちゃったけどね、サードで四番、ホームランも一本打ってるんですって」

「スーパーマンだわ、まるで。甲子園に出て、一流大学に行って、バリバリの商社マン——すてきな人だねえ」

吉岡を見おろす母の横顔は、少女のように華やいでいた。

「すまんが、先にちょっと仕事の話をしていいかな」

迎えに出ようとする二人を制して、新一は玄関に出た。

「あけましておめでとうございます」

「やあ、おめでとう。今年もよろしくな」

新たな年の朝の光の中に立つ吉岡英樹は、まるでギリシャ彫刻のようだ。鼻筋の通った顔は端整このうえなく、よしんば父親がギリシャ人だと言っても通用するだろう。アルマーニのスーツがこれほど似合う男はいない。バレンタイン・デーには、けっして義理ではないチョコレートがデスクの上に堆《うずたか》く積み上がるのだが、ホワイト・デーにはいっさいお返しをしないことも有名だ。

「急に呼びたてたりして、すまんな」

「いえ。いずれにしろお年始にうかがおうと思っていたんです」

声はやはり日本人ばなれした低いバリトンである。ときおりカラオケで横文字の歌を唄い、並居る男たちを圧倒する。

「おふくろが、君をすっかり気に入っちまったみたいでね」

「はあ……おかあさんが……」

吉岡は照れ屋である。相手が男であれば、たとえどんな傑物と向き合ってもけっして臆《おく》することはないのだが。女子社員たちがしばしば彼のことを「かわいい」と表現するのは、たぶんこういう仕草を言うのだろう。

それにしても、これほど清潔な男やもめはいない。ワイシャツはいつもおろしたてのようだし、靴もピカピカに磨いている。

この完全さが、思いを寄せる女たちをたじろがせ、しかも照れ屋だから自から望んで交際をすることができない——吉岡が縁遠い理由はそれに尽きると思う。

書斎に入ると、新一は内側から錠をおろした。

「吉岡、まあ座れ。女どもに会う前に、僕から訊《き》いておきたいことがある」

「はあ……何ですか、部長。改まって」

委細かまわずに新一は訊《たず》ねた。改まって訊けることではない。単刀直入に、上司の権威と勢いに任せて訊くほかはなかった。

「余分な答えはいらない。イエスかノーで答えてほしい。君は、ホモか」

一瞬ギョッと顔を上げてから、吉岡は上司の質問に答えた。

「ノーです。けっしてそのようなことはありません」

吉岡は誠実な男である。嘘《うそ》はつかない。昨夜寝つかれぬままに思いつめた最大の懸《け》念《ねん》を否定されて、新一はホッと息をついた。

「よおし。では、もうひとつ訊く。君は、インポか」

「ノー。天地神明にかけて。——ところで部長、新年早々、この思いもかけぬ質問の趣旨をお聞かせ願えますか」

「余分なことは言うなといったろう。質問の趣旨は五分後にはわかる。ともかくこれで、君がホモでもなくインポでもないということは判明した。では最後にひとつだけ、いかにも君にふさわしい質問をする。きのう夜も寝ずに考えて、もしそういうことであるのなら僕もともに悩もうとまで思った、ある仮定について——」

「部長、能書きが長いのは会議のときだけにして下さい」

「あ、そうだな。何も勿体《もったい》をつけるほどのことではない。深慮の末、さきの二案が君に否定された場合、これしかあるまいと僕は考えたのだ」

「勿体つけずに、どうぞ」

「よし。いいかね、吉岡君。もしや君は、かつて将来を誓い合った恋人に、不幸にして先立たれたというような経験はないかね。いや、そうではなくとも、女性の手ひどい裏切りにあったなどという、苦い過去を持っていはしないかね」

「つまり、恋愛トラウマですか？」

「そうだ。たとえそれがどれほどひどい傷でも、僕は君の上司として知っておきたい。それが僕の務めであると信じている」

吉岡はじっと新一の顔を見、それからいかにも彼らしく、カラカラと高笑いをした。

「答えは、ノーです。お恥ずかしい話ですが、あいにく私はそういう立派な恋愛とは縁がありません。一生に一度くらいは、燃えるような恋というやつを経験してみたいとは思うのですが」

すべての懸念は取り除かれた。やはりこの男は、並はずれた容姿と能力とが災いして機会に恵まれなかっただけなのだ。

「では、さっそくで申しわけないが、改めて母の話を聞いてやってほしい。いいね」

そう言って立ち上がったとたん、吉岡の表情がふいにこわばった。

「部長のおかあさまから、何か……」

「いや、会えばわかる。おふくろから直接聞いてくれ」

「そんな……ちょっと待って下さい。まだ心の準備が」

「ええい、大の男が何をぐずぐず言っているんだ。さあ、行こう」

新一は吉岡を引きずるようにして居間に向かった。

母と隣り合わせに炬燵《こたつ》に入ったときの吉岡の緊張ぶりは、異常だった。

かねての計画通りに、母と吉岡の二人だけを残して居間から出てきたものの、新一は気が気ではなかった。

「大丈夫よ、あなた。ホモでもない、インポでもない、トラウマもないってわかったんだから、あとはお見合いの名人に任せましょう。きっとうまく説得してくれるわ」

「しかし、おふくろと顔を合わせたときの吉岡の緊張ぶりといったら、ふつうじゃなかった。わかったろう、おまえにも。やっぱり人に言えぬ何かがあるんだ、あいつには」

廊下に立って襖《ふすま》ごしの気配に耳を澄ませながら、夫妻はあれこれと、その「何か」について考えあぐねた。

「ロリコン？——まさかな」

妻はクスッと口を被《おお》って笑った。

「まさかね。だったら、ババコン？」

同時にクスッと笑ったとたん、二人は真顔で見つめ合った。

「まさか……」

「まさか、ね……」

「おまえ、ちょっと様子を見てきてくれ。まさかとは思うけど、いやな予感がする」

「い、いやよ。あなた行ってきてよ。もし私が襖を開けて、二人がキスでもしていたらどうするの」

「くだらん想像はやめろ。吉岡がババア・コンプレックスだなんて——わあ、やだやだ。俺まで想像しちゃったじゃないか」

居間から洩《も》れ出てくる会話は、次第にひそみ声になり、聴きとれぬほどになった。はじめは母が一方的に話しかけていたものが、吉岡の低い声に遮《さえぎ》られて、あとは間を置いた囁《ささや》きに変わった。

二人が気のせいか上気した表情で居間から出てきたのは、一時間も過ぎたのちである。

「部長。ちょっと話が長くなりそうなので、おかあさまをお借りします」

吉岡の態度は毅然《きぜん》としていた。まるで娘を貰《もら》いにきた恋人の顔だ。

「借りるって、おい、どこへ行くんだ。正月だし、店なんてどこも開いてないぞ」

「おかあさまがベイ・ブリッジを見たいとおっしゃるのでね。横浜までドライブして、ホテルで食事でもします」

「ちょっと待て。さっき君に聞き洩《も》らしたことがあるのだが――」

あわてて書斎に引きこもうとする新一の手を、吉岡は乱暴に振りほどいた。

「さあ、行きましょう」

吉岡は母の肩にコートを着せ、腰を抱き寄せた。いたわるふうには見えなかった。明らかに愛《いと》しむように、吉岡は母を抱いた。

「おかあさん……」

佇立《ちょりつ》する妻をよそに玄関から歩み出て母は言った。

「遅くなっても心配しなくていいよ、和江さん。ああ嬉《うれ》しい。何だか二十歳《はたち》の娘に返ったみたいだわ」

新一が気を取り直して玄関から駆け出たとき、磨き上げられた紺色のＢＭＷは唸《うな》りを上げて走り去っていた。

「まさか、な……」

妻は答えてはくれなかった。

「なあ、和江。まさか、だろう？」

答えてくれ、と新一は胸の中で祈った。

「もし吉岡さんがババコンだとしたら、まとまっちゃうかもしれない」

「冗談はよせ！　おふくろはそんな女じゃない」

「私だって四十六だもの。少しはおばあちゃんの気持はわかるわ。プロポーズされたら、イエスって言うわよ」

もしそういうことになったら、吉岡はともかく、自分は会社でどんな顔をすればいいのだろうと新一は思った。

晴れ上がった冬空に、太陽が眩《まぶ》しい。

ひなまつり

お雛様《ひなさま》は二月の風に当てなければいけないと、死んだ祖母が言っていた。

そうしないとお嫁さんになれないらしい。

目覚し時計の針が、その残り少い二月を刻々と追いつめて行く。あと二時間とちょっと。

気ばかりがせいて、細工はいっこうにはかどらない。弥生《やよい》は睡気《ねむけ》ざましに水道で顔を洗い、窓を開けて風を入れた。大家さんの庭先に白い梅の花がほころんでいる。塀の向こうの通りには、去年いっぱいで走るのをやめてしまった都電の線路だけが、雨に濡《ぬ》れて銀色に輝いていた。

ストーブは消したままなのに、少しも寒くはない。あと二時間で春が来るからかしら。

「こうしちゃいられない」

と独りごちて、弥生は窓辺から離れた。「東洋の魔女」のポスターなんか、後回しにすればよかった。アイロンで畳みじわを延ばして、画鋲《がびょう》で壁に留めて、あちこち貼《は》りかえたりしているうちに時間が過ぎてしまった。少女漫画の三月号の付録は、そのポスターとボール紙の雛飾りだった。

内裏《だいり》様に三人官女、五人囃子《ばやし》、右大臣と左大臣、桜に橘《たちばな》、ぼんぼり、長持、簞笥《たんす》、御所車――小さな段飾りのひと通りを点線に沿って切り抜き、ぎざぎざに折り曲げた台紙に貼りつける。小さいうえに思いのほか複雑な細工は難しかった。

母が帰ってきたら手伝ってもらおうと高をくっていたのだが、死んだ祖母の言葉を思い出してしまった。帰りを待っていたら二月が終わってしまう。お嫁さんになれなくなる。

むしろそんな時間までちゃぶ台の上を散らかして起きていたら、母に叱《しか》られるかもしれない。いっこうにはかどらぬ細工に苛立《いらだ》ちながら、弥生は追いつめられた気分になった。

「あかりをつけましょ、ぼんぼりに、お花をあげましょ、桃の花――」

大粒の雨がアパートのトタン屋根を叩《たた》いている。自分を励ますつもりの歌は、そらぞらしい感じがした。

やっぱり窓を閉めよう。二階の庇《ひさし》は大家さんの庭先まで長く張り出しているから雨が吹きこむ心配はないが、うつろな闇《やみ》が怖かった。

雨戸を引こうとして立てつけの悪さに難儀をしていると、ふいに路地が明るんで、雨の流れ落ちる階段の下にオートバイが走りこんできた。ゴムの合羽《かっぱ》を着た人影が、何やら大きな荷物を抱えて軒先に駆けこむ。

「あ、吉井さん」

これでもう大丈夫。吉井さんなら手伝ってくれる。

階段が鳴り、ドアの曇りガラスに吉井の影が立った。

「弥生ちゃん、起きてるか」

「はあい」

「開けてくれよ。びしょびしょだ」

玄関を開けると、白いヘルメットを目が見えぬほど深く冠《かぶ》った吉井が、大きな荷物を抱えて立っていた。

「こんばんは」

「やあ、こんばんは。まだ起きてたの？」

「うん、土曜だから」

上がりがまちに荷物を置くと、吉井はヘルメットを脱いだ。こってりとしたポマードの匂《にお》いが、弥生は嫌いではない。

「もっと早くこようと思ったんだけど、残業しちゃった。おかあさんは、まだ？　こんな雨じゃどうせ暇なんだから、早く帰ってくりゃいいのにな」

「雨が降ると、暇なの？」

「そりゃそうさ。男の人はみんなお酒なんか飲む気にもならない」

「でも、おかあさんは早びけなんかできないよ。お給料もらってるんだもの」

吉井は大きな掌《てのひら》で弥生の頭を撫《な》でながら、ゴムの合羽を脱いだ。懐《ふところ》からしわくちゃの紙袋が転がり落ちた。

「いけねえ。つぶれちゃった」

「なに？」

「シュークリーム。まいったな、ぐしゃぐしゃだ」

「いいよ。スプーンで食べるから」

「上がっていいかな」

隣の部屋に住んでいたころには、まるで家族のように自由な行き来をしていたのに、去年の暮に引越してしまってから、吉井は妙によそよそしくなった。

「おかあさんが帰ってくるまでには、失礼するからね」

「どうして？」

「待ってるみたいでいやだし」

台所に上がりこむと、吉井は弥生の手渡したタオルで乱暴に顔を拭《ふ》いた。

「お客さん、来たりすることもあるんだろう？」

「夜はこないよ。お店に出るときに、迎えにくる人はときどきいるけど」

「へえ。どんな人？」

「よく知らない人。お客さんだって」

「若い人？」

「おじさん。私はあんまり好きじゃないんだけど。でも一緒に帰ってくることはないから、平気だよ」

「じゃあ、待ってようかな。これも、飾ってかなきゃならないし」

と、吉井はビニールの風呂敷でくるんだ荷物を持って座敷に入った。

「なあに、それ」

「あけてからのお楽しみさ。あれ……どうしたの、これ」

「あ、見ちゃだめ」

弥生はあわててちゃぶ台の上を片付けた。

「おひなさま、作ってたのか」

「うん、漫画の付録──」

手伝ってちょうだい、と言おうとして弥生は口をつぐんだ。吉井は紙の内裏様を掌にのせて、ひどく悲しい顔をしていた。

「二月の風に当てないとね、お嫁さんになれないって……」

恥じる気持が、たちまち悲しみにすりかわってしまった。そんなことは迷信にちがいないのに、切ないくらい思いつめていた自分が情けなかった。

吉井は紙のお雛様を見つめたまま、にっこりと笑った。

「まだ二月だな」

「でも、あと二時間でおしまい」

「間に合った」

「え？──」

弥生は吉井の運んできた荷物に目を凝らした。大きな段ボール箱。吉井は去年のクリスマスの晩にも、熊のぬいぐるみをプレゼントしてくれた。

「これ、なあに」

祈る気持で弥生は訊《き》いた。

「何だと思う」

「わからない」

「あててごらん」

たぶん当たっているとは思っても、弥生はそれを口にすることができなかった。

「ぬいぐるみ」

「ちがうよ。もっといいものさ」

「上に、何がつく？」

「お」

胸がどきどきしてきた。

「二番目は？」

「ひ。もうわかるだろう」

「お、ひ。おひさま」

「ばあか」

と、吉井は弥生の額を人差指でつついて、濡れたビニールを解いた。難しい漢字が書かれた蓋《ふた》を開く。真白な和紙のかたまりが溢《あふ》れ出た。

「おだいりさァまと、おひなさま、ふたりならんで、すましがお――」

吉井の太い指が器用に包みを解き始めた。

「ごォにんばやしの……ごめん。予算の都合上、五人囃子はありません」

「いいよ、そんなの。大きいと場所とるし、寝るとこなくなっちゃう」

「あかりをつけましょ……でも、ぼんぼりはあるぞ。ほら」

「わあ、きれい。あかり、つくの？」

「豆電球が入ってる。あと、桃の花と、桜と橘。造花だけど」

言いながら吉井は、段ボール箱の上に赤い毛氈《もうせん》を敷き、内裏雛を置いた。美しい親王飾りだった。

ぼんぼりに灯を入れると、雛はまことやんごとない殿と姫のように、ほの暗い六畳間に浮かび上がった。

「わあ……わあ……」

弥生は我を忘れて見入った。

「シュークリーム、食べるかい」

「うん。でも、おかあさんが帰ってきたら、みんなで食べようよ」

吉井がこんなにもよくしてくれるわけを、弥生はうすうす知っている。いや、案外はっきりとわかっている。

いつだったか母にさりげなく訊かれたことがあった。おまえ、吉井さんがおとうさんだったら、どう、と。

それですべてがわかってしまった。三軒茶屋からこの恵比寿のアパートに越してきたわけも、隣の部屋に仲のいい男の人が住んでいたわけも。だがひとつだけわからないことがあった。一年もたたぬうちに、吉井は急に引越してしまったのだ。

母に訊《たず》ねられたとき、恥ずかしがらずにきちんと返事をしていればそんなことにはならなかったのだと、弥生は今も悔やんでいる。吉井さんがおとうさんだったらうれしいと、なぜあのときはっきりと口にできなかったのだろう。どうせ本当の父は、顔も名前も知らないのだから、吉井を拒む理由は何もなかったはずなのに。

「弥生ちゃんは、三月生まれだよな」

お内裏様が口をきいたような気がして、弥生はひやりと顔を上げた。

「どうして知ってるの？」

「前に聞いたよ。でも、聞かなくたってわかるさ」

「どうして？」

「やよい、って三月のことだからね。三月に生まれたから弥生なんだろう？」

名前のいわれを、弥生は知らなかった。自分の名の意味を知らないのは恥ずかしいことだと思ったから、弥生はとっさに嘘《うそ》をついた。

「ばれたか。三月の早生れだからね、クラスでも一番ちっちゃいの」

「もうじき中学だな」

うきうきした気分は、お雛様のせいばかりではない。あと一ヵ月たてば中学生なのだ。

吉井にありがとうの一言がどうしても言えなかった。かわりに、思いもせぬ言葉が口から滑り出た。

「ごめんなさい、吉井さん」

え、と吉井は驚くふうをした。

「何が？」

「あのね、おとうさんにしては若すぎるかなって、思っちゃったの」

母から訊ねられたとき、きっぱりと答えることができなかった理由はそれだった。

「どういうこと？」

遠回しに弥生は答えた。

「私が辰年で、吉井さんも辰年で、おかあさんも辰年で――」

吉井は黙りこくってしまった。

自分が大きくなっても、吉井との齢《とし》の差はけっして縮まらない。もちろん吉井と母も同じだ。そんな不自然な家族などあってはならないと思う。ではこの人は誰なのだろう、この先どうするのだろうと考えると、弥生の心は真暗になった。

窓を開けて、吉井は空を見上げた。

「体、ひえちゃったな。お風呂屋さんに行こうか」

「まだ、やってるの」

「ああ、やってるさ。おかあさんと行きちがいになるといけないから、書き置きしておこうか」

吉井は新聞広告のチラシの裏に「弥生ちゃんとおふろ。吉井」と書いた。

「石鹼《せっけん》、ひとつしかないよ」

「いいじゃないか、一緒に使えば」

「でもねえ……」

吉井が隣の部屋に住んでいたころは、出勤前の母とあわただしく銭湯に行くよりも、吉井と男湯に入ることのほうが多かった。だが何ヵ月も間があいてしまうと、やはり気恥かしい。それに——もうじき中学生だ。

「弥生ちゃんと一緒に風呂に入るのも、これで最後だな、きっと」

吉井と風呂に入るのが恥ずかしいわけではない。男湯がちょっといやなだけだ。もしお風呂の付いているアパートで一緒に暮らせたなら、中学に入っても高校生になっても、大きな背中を毎日洗ってあげたいと思う。

着替えの下着と洗面器を風呂敷でくるみながら、やはり吉井が父だったらいいと弥生は思った。

母に頼んでみようか。

雨上りの夜風は春の匂いがした。

「あ、ぼんぼり」

大家さんの塀をぐるりと回って二階の窓を見上げると、暗い曇りガラスに小さな光の輪が映っていた。

「電気は消したのに、ぼんぼり忘れちゃった」

「いいよ。真暗にしたらおひなさまがかわいそうだ」

電車通りに出ると、吉井は昔と同じように手をつないでくれた。

「前に渋谷橋の市場が火事で丸焼けになったでしょ。やっぱり消してこなきゃ」

「大丈夫だよ。豆電球で火事になんかなるものか」

「でも、おかあさんが帰ってきたら叱《しか》られるよ。電気代がもったいないって」

「そんなこと言うわけないさ」

吉井と一緒に暮らせたらいいと思う理由が、弥生にはもうひとつある。結婚をすれば、母は夜の勤めをやめて家にいられる。母が毎晩家にいて、夕食の仕度をし、朝ごはんを作って起こしてくれる暮らしなど想像もつかないけれど、どんなにか幸せだろうと思う。

「都電、なくなっちゃったんだね」

「うん。最後にね、花電車が走ったんだよ」

警笛を鳴らし続けながら走り去って行った最後の花電車の姿を思い出して、弥生は切なくなった。アパートは都電が通るたびに揺れたが、その音がなくなってしまうと、夜は淋《さび》しかった。

吉井が引越し、都電がなくなり、去年の暮はさんざんだった。母も酔っ払って帰ってくることが多くなった。冷えきった母の体を蒲団《ふとん》の中で温《ぬく》めてあげるとき、酒臭い息がいやでたまらなかった。

「線路も取っちゃえばいいのにね」

「そのうち取るだろう。今はオリンピックの準備で忙しいからな。それどころじゃない」

　並木橋の方から走ってきたトラックが、水溜《みずたま》りの水をはねて過ぎた。一瞬、吉井は腹に包みこむようにして弥生をかばってくれた。

「ばかやろう」と悪態をつく吉井の腰を、弥生は怯《おび》えたふりをして抱きしめた。コール天のズボンはガソリンの匂《にお》いがした。

「濡《ぬ》れたか？」

「ううん、大丈夫。びっくりしただけ」

　洗面器も拾い上げずに、弥生は吉井の腰を抱きしめていた。お風呂になんか行かなくてもいいから、ずっとこうしていたいと思った。

「ねえ、吉井さん」

　と、弥生は吉井のベルトに額を押しつけて言った。

「おひなさま、ありがとう」

　見上げると、吉井の笑顔は街灯の光の中にすっぽりとおさまって、影絵になっていた。頭を撫《な》でて欲しいと思うそばから、吉井の大きな掌がうなじを引き寄せてくれた。

「これで弥生ちゃんも、お嫁さんになれるね」

そうじゃないよ、吉井さん、と弥生は胸の中で呟《つぶや》いた。

私が一生けんめいに紙のお雛様を作ろうとしたのはね、私がお嫁さんになりたいからじゃないの。おかあさんを、お嫁さんにしてあげたかったから。

おかあさんは結婚もしないで私を産んじゃったでしょ。だからキャバレーに勤めて、毎晩お酒を飲まされて、頭が痛い、気持が悪いって言ってる。だったら昼間のお仕事をすればいいのに、おかあさんは中学しか出ていないからお仕事はホステスしかできないの。

オリンピックなんて嫌いだよ。大っ嫌い。

だって嘘だもの。嘘っぱちだもの。

先生はオリンピックをやると景気がよくなって、みんながお金持になるんだっていうけれど、私たちはお金持になんかなれない。お金の儲《もう》かった人はキャバレーにお酒を飲みに行って、そのうえお金を払わないんだよ。

それもぜんぶ、おかあさんのお給料から引かれちゃうの。昼間はツケの集金にかけ回って、夜はお店に出て、おかあさんはもうくたくたなんだよ。

ひどいよ、そんなの。くたくたのおかあさんの足をお蒲団の中で温めているとね、くやしくて涙が出るんだ。こんなことをずっと続けていたら、おかあさんはまた病気になっちゃう。

「吉井さん——」

腰に回した手が、吉井のベルトを摑《つか》んでいた。弥生は影絵になった吉井の顔をしっかりと見上げて、長いこと考え続けていた言葉をとうとう口にした。今しかないと思った。

「ねえ、吉井さん。おかあさんをお嫁さんにしてあげてよ」

許されないことでも、母を救う方法はそれしかない。

吉井は顎《あご》の先を空に向けて、真白な息を吐いた。

「ばかなこと言うなよ」

「ばかなことじゃないです」

目をそらしてはいけない。ごまかしちゃいけない、と弥生は自分を勇気づけた。

「もし私がじゃまなら、どこかに預けてもいいから。もし——」

もしそれができないなら自殺してもかまわないと言いかけて、弥生は唇を嚙《か》んだ。

「やめろよ、弥生ちゃん。俺だってつらいんだ」

「私がいるから、つらいの？」

「ちがうって。そんなのじゃないって。まいったなあ……」

「私のせいでしょ。私がいるから、おかあさんはお嫁さんになれないんでしょ」

「ちがう」

きっぱりと言って、吉井は力いっぱい弥生を抱きしめてくれた。

「風呂、行こう。かぜひいちまう」

答えは言わずに、吉井は弥生の腕を摑んで歩き出した。


雨上りの銭湯はすいていた。

「弥生ちゃんは、おとうさんのこと覚えてるのかい」

湯舟のへりに腰をかけて、吉井はいきなりいやなことを言った。

「おとうさん、って?」

「弥生ちゃんのおとうさんだよ。小田島一郎さん」

「え?……オタジマ。へんな名前。おたまじゃくしみたい」

吉井は驚いたようだ。名前ぐらいは知っているだろうと思っていたらしい。物心ついてからずっと、父親の話は禁忌だった。もしかしたら名前ぐらいは聞かされていたのかもしれないが、心には留まらなかった。一枚の写真も、一通の手紙もない。そんな父は初めからいないも同然だった。

「なんだ。名前も知らなかったのか……小さな田んぼの島。一は数字の一。小田島一郎」

宙に字を書く吉井の指先から、弥生は顔をそむけた。

「あのね、ここだけの話だよ。おかあさんにも言っちゃだめだよ」

と、吉井は声をひそめて、弥生のかたわらに体を沈めた。

「俺、おとうさんに会った」

「え？」

湯の中で体がちぢかまってしまうほど弥生は驚いた。

「うそ」

「うそじゃない。会社と名前はおかあさんから聞いていたから、探すのは簡単だった」

弥生にとって父親は現実の存在ではなかった。世の中のどこかに、そういう人がいるということも、あまり考えたためしはなかった。

「お金持？」

思わず口にしてしまってから、下品なことを訊《き》いてしまったと思った。弥生にとってさしあたっての興味は、父という人が自分や母と同じように不幸なのか、それとも幸福なのかということだった。つまり、貧乏か金持かということだ。

「まあね。でもたいそうなものじゃないよ。ふつうのサラリーマンだから」

ふつうのサラリーマン、という表現は弥生をほっとさせた。多少なりとも安心のできる答えは、ほかにはあるまい。

「吉井さん、どうしてその人を探したりしたの」

「ちょっと腹が立っていたからね。おかあさんや弥生ちゃんのことをいったいどう考えているのか、聞きたかったんだ」

「おせっかい」

弥生は吉井に背中を向けた。何とか話題を変えなければと思うそばから、見知らぬ父という人の姿形が心を埋めてしまった。

「同じことを、おとうさんにも言われたよ。いらぬおせっかいはやめたまえ、って」

たぶん、父という人の口ぶりをそのまま真似て、吉井は言った。

「電話をして、会社の午休《ひる》みに喫茶店で待ち合わせたんだけど、ひとめ見てわかったよ。弥生ちゃんはおとうさん似だね。おかあさんはいつもぼうっとしてるけど、おとうさんはてきぱきして、頭が良さそうで、弥生ちゃんとそっくりの印象だった」

湯気の中で、少しずつ父という人の顔が定まってきた。紺かグレーの背広をきちんと着て、ワイシャツは真白。きっと黒縁の眼鏡をかけていると思う。

「他人の君がどうこう言うことじゃあるまい。帰りたまえ、か——」

それ以上に父の姿を想像してはならないと弥生は思った。たったひとりで自分を産み、育ててくれている母への不実だと思う。

それにしても、吉井はなぜそんなことをしたのだろう。父という人にはたぶん家族があり、奥さんも子供もいるのだろうから、ずいぶんな迷惑にちがいない。しかもいきなり見ず知らずの人にあれやこれやと詮議《せんぎ》をされるなんて、たまったものではあるまい。

「吉井さんのおとうさんは？」

と、弥生はようやく思いついて話をはぐらかした。

「俺の？」

不意をつかれたように、吉井は口をつぐんだ。答えるかわりに、無精髭《ぶしようひげ》をわさわさと音立てて、吉井は顔を洗った。

「俺も、よく知らないんだよ」

「へえ……」

悪いことを聞いてしまったみたいだ。

「俺、満洲うまれなんだけどさ」

「まんしゅう、って？」

「中国の北の方。開拓団の村で生まれた」

開拓団というものは何だかわからない。深い事情を訊いてはならないと弥生は思った。

「西部劇みたい」

「うん。西部劇だな、まるで。インディアンはいないけど、馬賊がいる」

馬賊というものは何となくわかる。たくましい髭面の吉井は馬賊のようだ。

「戦争に敗《ま》けて日本に引き揚げてくるときに、いろいろなことがあってね。それで俺は、ひとりぼっちになっちまったんだ——やっぱり、おせっかいだったのかな。言われてみれば、そうだな」

吉井が戦争でひとりぼっちになってしまったことと、弥生の父という人を訪ねたこととは何か関係があるのだろうか。話がつながっているのを、弥生はふしぎに思った。

「うだっちゃうよ」

弥生は湯舟から出て、目の前の洗い場に座った。

「ねえねえ、吉井さん。ちょっと来て。内緒の話」

手招きをすると、吉井は明るい笑顔に戻って湯から上がった。

「何だよ」

「あのね、私、四月からは中人《ちゅうにん》なんだけど、一年ぐらいはごまかして、小人《しょうにん》で入っちゃうんだ。ちっちゃいからわからない」

湯銭は小学生が「小人」で、中学生が「中人」、そのさきは「大人」だ。

「うん。ばれないよ、きっと」

「髪、伸ばそうと思うんだけど、まだ洗髪料はとられないよね」

「女の洗髪料って、いくら？」

「五円。おかあさんはちゃんと払ってるよ。この間ね、番台のおじさんに文句つけてた」

「何て？」

「近ごろは男の人にも長い髪が大勢いるのに、どうして女だけが洗髪料をとられるのか、って」

吉井はみなまで聞かずに、声を上げて笑った。

「そりゃあいい。おかあさんらしいね」

「らしい、って？」

「おかあさんは曲がったことが大嫌いなんだ。まちがったことは許せない性分だな」

長髪の男の人が髪を洗ってもただで、ショート・カットの女の人が五円の洗髪料をとられるのはおかしいと、弥生も思う。

「おかあさんはまちがってないよね」

「うん。まちがってないさ」

「お風呂屋さんがまちがってるのよ」

言ったとたんに、得体の知れぬ怒りがこみ上げてきて、弥生は白いペンキで塗りたくられた天井を見上げた。高い天窓に向かって、湯気が吸い上げられて行く。

「みんなまちがってる。おかあさんはまちがってない。だのに、まちがっているみんなが、まちがっていないおかあさんのことを、まちがってるみたいに言うのよ」

吉井は答えずに弥生の肩を引き寄せ、へちまで背中を洗い始めた。

「そうよね、吉井さん。みんながまちがってる。あの人もまちがってる」

「あの人って誰だよ」

「小田島一郎さん」

「……ああ、そうだな」

「変だよ。お金持で、大学を出て、ネクタイしめて会社に行ってる人はまちがってなくて、おかあさんは正しいのにまちがっているってみんなが言う」

「みんなって、誰がそんなこと言うの」

「親戚《しんせき》の人とか、近所の人とか。おかしいよ、そんなの」

はい、と吉井は肩ごしにへちまを差し出した。

「背中だけ？」

「ああ。あとは自分で洗えよ」

「どうして？」

「ちょっと見ないうちに大きくなった。やっぱり中人だな、四月からは」

吉井は顔だけを洗って湯舟に戻ってしまった。馬賊のような髭面を鼻の下まで湯に沈めて、吉井は三日月のような目を細めた。

一緒にお風呂屋さんに来るのも、これが最後なのかもしれない。

弥生は母のしぐさを真似《まね》て、あしうらに軽石をかけた。


電機店のショウ・ウィンドウには夜遅くまで灯りがともっている。

風呂帰りの人々が洗面器を抱えたまま立ち止まって、テレビのニュースに見入っていた。

「ちょうちんあんこう」

「何だよ、それ」

「明るいところにうじょうじょ集まってくるの。電機屋さんに食べられちゃうかな」

働き者の電機店は風呂屋が閉まるまで、ショウ・ウィンドウの灯りをともし続けている。東京オリンピックを控えて、テレビは飛ぶように売れているらしい。

「あ、アベベだ」

吉井は少年のように小さな叫び声を上げて立ち止まった。受像機には黙々と疾走する黒人のマラソン・ランナーが映し出されている。

「アベベ、って変な名前ね」

「ローマ・オリンピックのマラソンで金メダルをとったんだよ。裸足で走るんだぞ」

「はだし？――うそだァ」

テレビの画面に、裸足が大映しになって弥生は仰天した。

「うわァ、すごい。痛くないのかな」

「アベベはアフリカのエチオピアっていう国の選手なんだ。ローマ大会の金メダルなんて、誰も予想していなかった」

「どうして靴をはかないの？」

「子供のころからはいたことがないんだろう」

「買えなかったのかな」

「うん。買えなかったのか、売ってなかったのか、どっちかだね」

「東京オリンピックでも裸足で走るのかな。それともローマで金メダルをとってお金持になったから、靴を買ったかな」

　裸足のランナーを見ているうちに、弥生の胸は熱くなった。東洋の魔女たちのほかに、オリンピックの楽しみがもうひとつできた。もしアベベが裸足で走るのなら、国立競技場の近くまで行って応援しようと弥生は思った。

「弥生ちゃん。誕生日のプレゼントに、テレビを買ってあげようか」

「ほんと！」

　と、思わず声を上げて、弥生は吉井の腕にしがみついた。

　テレビの後ろに貼《は》られたポスターを見る。日立の十九インチで、六万三千九百円。宣伝文句によれば、〈世紀の祭典をごらんいただくための、今こそお求めのチャンス〉なのだそうだ。

「高いよ、吉井さん」

「ああ。でもずいぶん安くなったもんだ」

六万三千九百円などというお金は見たこともない。アパートの家賃が六千五百円なのだから、それは途方もない大金だ。

「入学祝いとお誕生祝いと、一緒だよ」

吉井はけっして嘘《うそ》をつかない。父という人の話も雛祭《ひなまつ》りもどこかに吹き飛んで、弥生の頭の中はいっぺんに真白になってしまった。

友達の家はほとんどテレビを買って、クラスは前夜の番組の噂《うわさ》で持ち切りだった。もう話題から身をかわさなくてもいいのだと思っただけで、縛《いまし》めが解かれたような気分になった。

「でも、吉井さん。月々二千円の月賦払いって、大変だよ」

ポスターにそう書いてあった。二千円の値打は弥生にもわかる。ざっと計算しても、そのお金を二年半も払い続けなければならないことになる。

「月賦なんかじゃないさ。そのくらいの貯金ならあるよ」

「吉井さん、お金持なの？」

「お金持じゃないけど、人並の給料はもらってるからね」

その言い方は、かえって弥生の胸に応《こた》えた。吉井は雨の日も風の日も、オートバイに乗って薬の配達をしている。辛《つら》い仕事が目に見えているから、そのお給料で高価なテレビを買ってもらうというのは、あまりに心苦しい気がした。

「やっぱり、いいよ。帰ろう」

弥生は吉井の太い指を握って歩き出した。

「どうして？　テレビ、欲しくないのかい」

「あんまり欲しくない。中学に行ったらしっかり勉強しなくちゃ。お医者さんになるのには、ずっと一番じゃなきゃだめなのよ。高校はね、広尾でもだめだって。越境通学して、日比谷高校に行かなくちゃいけないって、先生が言ってた。テレビなんか見てるひまはないの」

おととしの春に母が子宮筋腫《きんしゅ》の手術をしたとき、弥生は医者になろうと決心した。医学部は学費が高いから、国立大学でなければ行けはしない。吉井のやさしさに甘えてはいけないと思う。お雛様のことを考えて、テレビの夢は忘れよう。

「おひなさま、寝ちゃったかなあ——起きてるよね、ぼんぼりをつけてきたし」

吉井は答えずに、大きな掌で頭を撫《な》でてくれた。


その夜、母は帰ってこなかった。

どこで何をしているのかは知らないが、今年になってからときどきこういうことがある。それでも弥生が学校に行く時間までには、必ず帰ってきてくれるのだが。

銀色の満月が軒端《のきば》に隠れてしまった。

「遅いねえ、おかあさん」

感度の悪いラジオのダイヤルを合わせながら、吉井は呟《つぶや》いた。

「きょうは朝帰りかもしれないけど……」

え、と吉井は驚いたように顔を上げた。

「朝帰り、するの？」

「ときどき。お客さんにごはんをごちそうになるんだって」

母は必ずそう言いわけをするのだが、十一時半にお店が終わって、それから朝の七時までごはんを食べているというのは、よくわからない。

「青山とか六本木に朝までやっているレストランがあって、そこでお店の女の人たちやお客さんたちとごはんを食べて、いろんなお話をしてるんだって」

何だか母のかわりに言いわけをしているような気がした。

「でも、私が学校に行く時間までには、ちゃんと帰ってくるよ」

「――なら、いいけど」

と、吉井は不本意そうに言った。

考えてみれば、吉井が隣の部屋に住んでいたころには、そんなことはなかった。母は弥生の寝顔を見てから、吉井の部屋にごはんを食べに行った。

話題を、変えなくちゃ。

「和江ちゃん、教育大の大塚にうかったんだよ。すごいでしょ」

「ふうん」

と、吉井は気のない返事をした。

「だったら弥生ちゃんだってうかったろう」

「むりよ、難しいもの。教育大大塚って、日本一の中学なんだから」

和江と一緒に受験していたら、たぶん合格しただろうとは思う。和江は日本進学教室に通っていたし、家庭教師もついていたけれど、成績は弥生が一番だった。

先生が家庭訪問にきたとき、母に受験を勧めていた。暮には願書も渡されたのだが、学校の帰りに封を開けて読み、公園の屑籠《くずかご》に捨ててしまった。教育大付属は国立中学だけれど、区立の中学に比べればお金がかかった。それに、革の鞄《かばん》が必要なのだと、和江が言っていた。

大家さんの柱時計が一時を打った。

「俺、帰る。弥生ちゃんも、もう寝な」

たぶん母は、朝まで帰ってこないだろう。ひとりになるのは淋しかったが、まさか吉井を朝まで付き合わせるわけにはいかない。

思いついて弥生は、冷蔵庫からビールを出した。母はお店から帰ってくると、帯も解かずにビールの小壜《こびん》を一本飲む。

「気が付かなくてごめんなさい。湯上がりはこれよね」

「ありがとう。すっかり湯ざめしちまったけどな」

栓《せん》を抜いてコップに注ごうとすると、吉井は弥生の手からビール壜を取り上げた。

「お酌しようと思ったのに」

「いいよ」

「おつまみ、あるかなあ」

「いらない。シュークリーム、食べよう」

ビールにシュークリームは合わないだろうと思う。だが、つぶれたシュークリームを皿に載せてちゃぶ台に置くと、吉井はうまそうに食べた。

「おかあさん、ちかごろ具合はどうなの？」

「いいみたい。お医者さんにもうかかってないし」

「たまにはお店に行ってみようかな。ずっと会ってないから」

「あれ、吉井さん、お店には行ってないの」

ビールを一息に呷《あお》って、吉井は苦笑した。

「おかあさんのお店は高級だからね。俺なんかじゃ、そうそうは行けない」

「じゃあどうしておかあさんと知り合ったの？」

「お得意先の社長さんに、何度か連れて行ってもらったんだ。俺がお金を払ったわけじゃないよ。もともとお酒はそう好きじゃないし」

「湯上がりのビールぐらい」

「そうだな」

思いがけなく謎《なぞ》が解けて、弥生は嬉《うれ》しくなった。母と吉井のなれそめは気にかかっていた。

「わかった」

「何が？」

「どうして三軒茶屋のアパートからここに越してきたか、ずっとわからなかったの。私、転校するのがいやだったから。だから吉井さんが隣のお部屋に住んでいて、おかあさんのお友達って紹介されたとき、いやな感じがした」

「誤解するなよ、弥生ちゃん」

と、吉井は真顔になった。言い方が悪かったのかもしれない。

「あのね、おかあさんは体が弱いから、弥生ちゃんのことが心配でしょうがなかったんだ。またおなかが痛くなって入院したらどうしようって、おかあさんはちょっとノイローゼになってた。ちょうど隣の部屋があいたから、越しておいでって言ったんだよ」

「わからない。どうして？」

「おかあさんに何かあっても、俺が弥生ちゃんを見てられるだろう。夜だって淋しくないし」

「私、淋しくなんかないよ」

少し憮然《ぶぜん》として弥生は言い返した。すると吉井は、まるで用意していたようにきっぱりと答えた。

「俺が淋しかったんだ」

嘘ではないと思う。吉井は悲しい顔をしていた。

「じゃあ、どうして――」

言葉が咽《のど》にからんで、弥生はいちど咳《しわぶ》いた。

「どうして、引越しちゃったの。急にいなくなっちゃうんだもの……」

ひとりぼっちの夜には慣れているが、毎晩ごはんを食べたり、お風呂に行ったりした吉井が突然いなくなった後は、さすがに淋しかった。

「ちょっと仕事の都合があって――」

「うそ」

と、弥生は吉井の声を遮《さえぎ》った。ふいに引越してしまった理由は、何となく想像がつく。だが自分たちの都合で子供にいやな思いをさせる大人はずるいと弥生は思った。

「ごめん」

「ごめんじゃわからない」

「俺、おかあさんにふられちまった。ええと、こんなこと言っていいのかな。どうかしてるな、俺」

母が吉井を嫌いになったはずはないと弥生は思った。少くとも、ときどき迎えにくるお客さんのことを、母はとりわけ好きではないと思う。溜息《ためいき》もつくし、愚痴もこぼす。だが吉井と暮らしていたころの母は、いつも華やいでいた。

「おかあさん、吉井さんのこと嫌いじゃないよ」

「嫌いじゃなくても――何ていうのかな、うっとうしいんだよ。齢《とし》もちがうしね」

「どうして齢がちがうといけないの」

「知るかよ、そんなこと」

「私、おかあさんに頼んでみる」

「やめてくれ」

次第に吉井の表情が険呑《けんのん》になってきた。立膝《たてひざ》を抱え、荒々しくビールを飲む。

「やめてくれよ。そんなことを弥生ちゃんが言ったら、俺はもうここには来られない」

髭《ひげ》を剃《そ》ったあとのつるりとした吉井の頬が、引き攣《つ》って見えた。

「じゃあ、どうしてときどき来てくれるの。どうして私にやさしくしてくれるの」

こんな責め方をすれば、吉井は本当に弥生の前から姿を消してしまうかもしれない。

だが弥生は、胸の中にわだかまっていた毒を吐き出してしまった。

「私ね――」

大人のように、きちんと言わねばならないと弥生は思った。この人はかけがえのない人なのだ。母にとっても、自分にとっても。

「吉井さんのこと、大好きだよ。さっき電車通りで言ったことは、嘘じゃないよ」

吉井は俯《うつむ》いてしまった。ぼんぼりがお月様のように、すくみ上がった背中を照らしている。

「わがままだって思うけど——」

「わがままじゃない。わがままを言ってるのはこっちだ」

残ったビールをラッパ飲みにすると、吉井は立ち上がった。

「ごめんな、弥生ちゃん。俺、もうここには来ないから」

弥生はきつく目を閉じた。思いきりぶつかって、体がばらばらに砕けてしまったような気がした。

「テレビ、電機屋から配達させるよ」

「いらない」

「オリンピックは、やっぱりテレビで見なくちゃ。東洋の魔女も、アベベも——」

「いらない。そんなもの、いらない」

弥生は、吉井のいなくなった暗い夜の片隅で、じっと膝を抱えてテレビに見入る自分の姿を想像した。

大好きな東洋の魔女たちが金メダルをとっても、アベベが裸足のまま国立競技場のゴールを駆け抜けても、けっして歓《よろこ》びはしないだろう。ただぼんやりと、人々の歓喜するさまを見つめているのだろう。そしてたぶん、もう一生笑わない。

「やだよ、吉井さん。行っちゃいやだ」

ようやく呟いた声は、上がりがまちでゴム合羽《がっぱ》を着る吉井には聴こえなかったかもしれない。

声にならぬ声で、弥生は呟き続けた。

おとうさんのことなんか、どうだっていいのよ。そんな人より、吉井さんのほうがずっとずっと好きだから。

だから、行かないで。私を、ひとりにしないで――。

呼び止めることはできなかった。靴音が階段を下り、やがてオートバイのヘッドライトが大家さんの家の塀を染めて去ってしまうと、弥生はひとりぼっちになった。

「あかりをつけましょ、ぼんぼりに。お花をあげましょ、桃の花――」

暗い音調が胸に応《こた》えて、一節を口ずさんだなり弥生は唄うのをやめた。

それから吉井の残したビール壜を唇にくわえて、滴《しずく》を咽に流しこんだ。

トタン屋根の上に、また春の雨が降り始めた。

鍵音《かぎおと》がしたと思うと、お花畑のような匂《にお》いが部屋に満ちた。朝の光が眩《まぶ》しい。

「おかえりなさい」

「ただいま。まだ寝てていいわよ。日曜だから」

「だったら急いで帰ってこなくてもいいのに」

畳を踏む母の足が枕元《まくらもと》で止まった。小さな白い足袋。鼻緒のあとが汚れている。

「おひなさま」

「あら、まあ——」

さほど驚く様子はなかった。

「吉井さんが、持ってきてくれたの」

「ふうん」

と無関心に息を抜いて、母は帯を解き始めた。驚いてもくれないのなら、吉井が父という人と会ってきたことを教えてやろうかと思った。

「あのね、おかあさん」

「なあに」

「ううん。何でもない」

弥生は蒲団《ふとん》に潜りこんだ。そのことはおかあさんには内緒だよと、吉井は言っていた。

朝帰りの母は酒の匂いがしない。そのかわり、なぜか香水が濃く匂った。そして、ふしぎなくらいに美しい。

「おひなさま」

「きれいね」

まるでお雛様《ひなさま》から目をそむけるように、母は三面鏡に向き合ってしまった。襦袢《じゅばん》姿で化粧を念入りに解く。どうして化粧などするのだろうと怪しむほどの美しい素顔が、少しずつ鏡の中に現われる。

「吉井さん、もうここにはこないってさ」

一瞬、コールドクリームを塗る母の手が止まった。

「あら、そう――」

目だけを蒲団から出して、弥生は母の表情を注視した。

「あとで、電機屋さんがテレビを配達してくれるってさ」

「へえ。よかったわね。弥生ちゃん、欲しがってたじゃないの。おねだりしたの？」

「まさか。私はいらないって言ったのに、買ってやるって」

窓ごしの朝の光に細い眉《まゆ》をしかめて、母はカーテンを閉めた。

「いいの？　おかあさん」

「そうねえ……吉井さん、頑固だからね。断わっても仕方ないよ」

「おひなさまもテレビも買ってくれて、それでもうここにはこないって言うのよ」

「仕方ないね」

ぽつりと母は呟《つぶや》いた。

何が仕方ないのだろうと思う。母はいつもその一言で、すべてを諦《あきら》めてしまう。

「そうそう、ゆうべお店に行く途中でね、和江ちゃんのおかあさんに会ったわ。教育大付属に合格したって、勝手にはしゃいでた」

話題を変えたつもりなのだろうか、母は急に饒舌《じょうぜつ》になった。

「お宅の弥生ちゃんも受験なさればよろしかったのに、オホホホって、大きなお世話よねえ」

「大きなお世話よ」

「女の子がいい学校へ行ったって、何がどうなるものでもないのに。男でまちがえば元も子もないわ」

「おかあさんは、まちがえちゃった」

「そう。大まちがい。でも、まだわからないわよ、これから」

「がんばってね」

「そうだ」

と、母はクリームだらけの手をぽんと叩《たた》いた。

「弥生ちゃん、革靴はいて中学へ行きな。革の鞄《かばん》も買ってあげる」

「いいよ、そんなの。かえっておかしいし」

「そのくらいのことはしてあげなくちゃ。おかあさんだってくやしいよ」

「いらない」

「じゃあ、塾に行こうか」

「いいよ、いいよ。私、中学に行ってもちゃんとするから。平気だよ」

「まったくねえ……トンビがタカを生んじゃったみたい」

たぶんそのとき、母は弥生と同じことを考えた。

小田島一郎さんという人は、きっととても頭がいいのだろう。成績はずっと一番で、もしかしたら日比谷高校から東大に行って、大きな会社に入ったのかもしれない。

でも、ひとでなし。

それだけは似ていないと思う。

「吉井さんがね――」

父という人に文句を言いに行ってくれたのだと、どうしても口に出すことができずに、弥生はもどかしさで蒲団のへりを噛《か》んだ。

今になってやっと、吉井のやさしさがわかった。

おせっかいだなどと言ってしまった自分が憎らしくなった。唇を爪《つめ》の先でいやというほどつねり上げると、涙が出そうになった。

「吉井さんが、どうしたの」

「おかあさんに、よろしくって。あんまりお酒を飲んじゃいけない、ってさ」

「そう……変な人」

怒鳴り返したい気持を、弥生は胸を抱きすくめてこらえた。

そうじゃないよ、おかあさん。吉井さんは変な人なんかじゃない。世界中の人がみんな吉井さんのことを変な人だって言っても、私はそうは思わない。けっして思わない。

おかあさんと吉井さんのことはよく知らない。でも、吉井さんのことは、よくわかっているつもりよ。

吉井さんは中国の田舎で生まれて、戦争でみなしごになったけれど、けっして変な人じゃない。

学校も行っていないし、いつもオートバイに乗って真黒な顔をしているけど、けっして変な人なんかじゃない。

吉井さんが変な人なら、小田島一郎さんはもっとずっと変な人だよ。だって、あの人は私もおかあさんも捨てたんでしょ。そんなひどいことをしたのに、誰も文句を言わないから、吉井さんが神様にかわって叱《しか》りに行ったんだ。

吉井さん、ちっとも変じゃないよ。

ものごとのいいか悪いかは、多いか少ないかで決まるわけじゃないと思う。もしそうなら、民主主義というのはまちがっていると思う。だから世界中の人が吉井さんのことを変な人だと言っても、私は言い返す。

吉井さんは正しい、って。

だってそうでしょ。本当なら小田島一郎さんが買ってくれるはずのお雛様を、吉井さんはかわりに買ってくれたんだ。テレビだって買ってくれるんだ。

きっと世界中の人がおせっかいだと言う。でも私は、二度と言わない。口がさけても言わない。

おとうさんのかわりにおとうさんの役目をしてくれる人は、おとうさんにちがいないから。

私、小田島一郎さんのことは、一生おとうさんなんて呼ばないよ。言えば嘘《うそ》になるから。いつか目の前に現われて、僕がおまえのおとうさんだよ、って言っても、私はちがうって言う。顔が似ていても、血液型が同じでも、どんな証拠を見せられても、私はちがうって言う。

全財産をくれるって言っても、いやだ。ぜったいに、いやだ。

いま言ったこと、取り消してよ、おかあさん。吉井さんが変な人だなんて、まちがっても言わないでよ。

嫌いになっちゃったのなら仕方ない。うっとうしいのなら仕方がないけど、吉井さんはけっして変な人じゃない。

ずっと、一緒にお風呂に入ってくれて、体を洗ってくれて、湯舟の中で百まで数えてくれたんだ。ドライヤーに十円玉を入れて、髪を乾かしてくれたんだ。手をつないで帰ってくれて、一晩に五回も十回も、私の頭を撫《な》でてくれたんだよ。

その吉井さんを、変な人だなんて、ひどいよおかあさん。

こんなこと言いたくないけど、けっして口に出して言うわけないけど――

吉井さんは、おとうさんとおかあさんのかわりを、ずっとしてくれたんだよ。

お雛様は三月三日のうちに片付けなければいけないのだと、死んだ祖母が言っていた。

そうしないとお嫁さんになれないらしい。

時計を見ながら、弥生は小さな溜息《ためいき》をついた。

電車通りをオートバイの音が過ぎるたびに、窓を開けて目をこらした。吉井さんはきっと、お節句の夜には来てくれると思う。それまではお雛様を飾っておきたいのだけれど、あと三十分しかない。そうしないとお嫁さんになれなくなる。

夜が更《ふ》けてから、また生ぬるい雨が降り始めた。ぼんやりと窓辺にもたれていると、夜のしじまを縫って突貫工事の槌音《つちおと》が響いてきた。

「お嫁にいらしたねえさまに、よく似た官女の白い顔——ごめんね、お嫁に行けなくなったら大変だから、片付けるわ」

ぼんぼりを消す。お内裏様とお姫様に何度も詫《わ》びながら紙にくるむと、涙がこぼれてしまった。

「しみになっちゃうよ」

泣きながらお雛様を片付けるのはやめようと弥生は思った。そんな自分の姿は悲しすぎる。いつかお医者さんになって患者さんの傷や病気を治すときに、自分の心に傷があってはならないと思う。痛みや苦しみで泣いている人に、お医者さんはいつだって笑いかけてあげなければいけない。母が子宮筋腫《きんしゅ》の手術をして苦しんでいるとき、お医者さんも看護婦さんも、みんな微笑《ほほえ》みかけていてくれた。大丈夫ですよ、って。

もう泣くのはよそう。お雛様みたいに、いつも笑っていよう。涙を嚙みつぶして笑おうとすると、体が震えてきた。吐き出せぬ悲しみが出口を探して暴れ回る。

あと三十分。ぎりぎりまで吉井さんを待っていよう。

三面鏡の前に座って、弥生は母のそぶりを真似た。化粧をした母の顔はあまり好きではないが、おしろいや口紅が悲しみを被《おお》い隠すことを弥生は知っている。

はじめはお化粧水。脱脂綿に含ませて、肌を叩くように。ファンデーション。口紅。マスカラ。アイ・シャドウ。

毎日見なれた手順通りに、弥生は小さな顔に化粧をした。素顔は母に似てはいないが、少しずつていねいに顔を塗りこめて行くと、鏡の中には母の面影がうかび上がってきた。

吉井さんはびっくりするだろう。母とまちがえるかもしれない。

眉を引きおえたとき、弥生は背筋を伸ばして思いもよらぬことを考えた。

もし母がどうしても吉井さんと別れるのなら、私がお嫁さんになろう。そうすれば三人一緒に暮らせる。女の人が一回りも齢上なのはおかしいけれど、齢下ならば何のふしぎもない。私が十六歳で、吉井さんが二十八。おかあさんは四十。いいじゃないの。

　こんな簡単なことを、今までどうして思いつかなかったのだろうと弥生は思った。

　突然、激しい下駄の音が階段を駆け登ってきた。弥生はあわてて立ち上がり、台所でざぶざぶと顔を洗った。

「あけて！　弥生ちゃん、早くあけて！」

　母は金切声を上げてドアを叩く。

「待って、今あけるから。どうしたの」

「吉井さんが、吉井さんが――」

　石鹸《せっけん》を顔に塗りたくったまま、弥生は凍えついた。

「吉井さんが、どうしたのよ」

「オートバイが、ダンプにはねられちゃったって」

「うそ」

「警察からお店に電話があって、吉井さんがおかあさんと弥生ちゃんを呼んでるって」

　息が止まってしまった。鍵《かぎ》を開けるより先に、弥生は部屋の中を振り返った。片付けかけた内裏《だいり》様が、散らかした紙の上に転がっていた。

ドアを開けると、母は強い力で弥生の腕を摑《つか》んだ。

「タクシー待たせてあるから、早く」

母の着物は帯から上が黒く見えるほど濡《ぬ》れていた。

「おひなさま、片付けなくちゃ」

「いいよ、そんなの。早く靴はいて」

素足に靴をはいて廊下に出る。母は雨の吹きこむ階段に立って声をあらげた。

「鍵なんかいいよ。合羽《かっぱ》を着てらっしゃい」

黄色いビニールの合羽を羽織り、傘を摑んで弥生は駆け出した。

「病院、どこ」

「広尾の日赤。急がなきゃ」

「大丈夫だよね。吉井さん、死なないよね」

「わからない。ボーイさんが紙きれで知らせてくれただけだから」

「やだよそんなの」

吉井はやはり来てくれたのだ。三月三日の雛祭《ひなまつ》りを忘れてはいなかったのだ。

「やだよ、おかあさん。そんなの、いやだよ」

電車通りに向かって走りながら、こんなひどい話はないと弥生は思った。もしこれが悪い夢ではなく、ひどい現実だったとしても、知らせて欲しくはなかった。病院に行きたくはなかった。

「おひなさま、片付けなくちゃ」

「なに言ってるの、早く」

尻《しり》ごみをする弥生を、母はタクシーに押しこんだ。


「おかあさん……」

甘く悲しい夢から目覚めたのは、ほの暗い病院の廊下だった。

「おかあさん」

毛布を摑んで、弥生は長椅子《ながいす》から身を起こした。木の床から立ち昇るワックスの匂《にお》いが消毒の匂いと混じり合って胸が悪くなった。

ぜんぶ夢だったらいいのに。でも、おかあさんの手術が終わるまで、ずっと待っていた場所はここではない。病院は同じだけれど、ちがう廊下だった。

向かい側の長椅子に、黄色い合羽が脱ぎ捨ててある。母の膝《ひざ》で眠ってしまったのだ。

毛布は看護婦さんがかけてくれたのだろう。

母はどこに行ってしまったのだろうか。静まり返った廊下には人影もなかった。

吉井の膝に抱かれて、湯につかっている夢を見ていた。誰もいないお風呂屋さんの湯舟で、しっかりと吉井の腕に抱かれていた。髭《ひげ》の感触が、ありありと頷に残っていた。

吉井は死んでしまったのだろうか。

「おかあさん！」

長く暗い廊下の涯《は》てに向かって、もういちど母の名を呼んだ。するとすぐ目の前の闇《やみ》の中に光が延びて、看護婦が顔を出した。

「目が覚めたの、弥生ちゃん」

「はい」と、弥生は立ち上がって毛布を畳んだ。微笑みながら、看護婦は廊下に出てきた。

「どうして私の名前を知ってるんですか」

「おとうさんが、教えてくれたのよ」

おとうさん。私のおとうさん。悲しみとはうらはらに、弥生の顔はほころんだ。

「大丈夫。さっき脳の検査が終わってね、足の骨が折れちゃったけど、命には別状ないわ」

弥生は毛布を抱えたまま精いっぱいの気を付けをして頭を下げた。

「ありがとうございました」

看護婦は毛布を受け取ると、弥生の肩を抱いて歩き出した。

「よく寝てたわねえ。疲れてたんでしょう。寒くなかった？」

「あの、看護婦さん――」

歩きながら弥生は、生れて初めての言葉を、思い切って口に出した。

「おとうさんは」

胸が高鳴ったのは、吉井が生きていたという喜びのせいではない。禁じられていた言葉は心地よかった。

「おとうさんは、元気ですか。足が折れただけで、何ともないんですか」

「意識はしゃんとしてるわ。頭を打ってたけど、ヘルメット冠《かぶ》ってたからね」

「おとうさん、オートバイに乗るときはちゃんとヘルメット冠ってるから。おとうさんがね、おひなさまを買ってくれたの」

「そう。弥生ちゃんのおとうさん、やさしいね」

やさしいおとうさん。弥生のおとうさん。こんな美しい誤解が永遠に続いてくれればいい。

「あの、看護婦さん。おとうさんは、私の本当のおとうさんじゃないんだけど」

「わかってますよ。齢が合わないものね。でも、そんなこと関係ないわよ。おとうさんは救急車で運びこまれてきたときからずっと、弥生ちゃんのことばっかり言ってた」

「おかあさんのことは？」

「弥生ちゃんのことばっかり」

廊下を曲がると、いきなり明るい病室の扉が開いていた。頭に包帯を巻いた吉井のかたわらに、母がぼんやりと座っていた。青い手術衣を着た医師が、レントゲン写真を蛍光灯に透かし見ていた。

ベッドの脇《わき》に立つと、吉井は弥生の手をしっかりと握りしめた。

「ごめん」

吉井さんはどうしてそればかりを口癖のように言うのだろう。何も悪いことはしていないのに。

「ごめんな、弥生ちゃん」

腫《は》れ上がった瞼《まぶた》に涙をいっぱいためて、吉井はそればかりを十回も言った。

言葉の意味に、弥生は思い当たった。

もういいよ、吉井さん。

私、やっとわかった。どうして吉井さんがそればかりを言うのか、やっとわかったから。

本当のおとうさんのかわりに、吉井さんは私と遊んでくれた。毎晩お風呂に行って、体を洗ってくれた。頭も撫でてくれた。ときどきやさしく叱《しか》ってくれた。

そして本当のおとうさんのかわりに、ごめんなさいを言い続けてくれた。

どうしてそんなによくしてくれるのかも、私、やっとわかった。吉井さんはひとりぼっちで生きてきたから、私をひとりぼっちにさせたくなかったんだ。ひとりぼっちの夜がどんなに長くて怖いか、吉井さんは知っていたんだ。

私、おかあさんに頼んでみる。

一生に一度きりのお願いをしてみる。

だからもう、泣かないで。

恵比寿にあるのに、なぜ渋谷橋というんだろうと、引越してきたばかりのとき母が言っていた。

「おかあさん、ここでいいよ。雨もやんだし」

母が声をかける前に、運転手は車を止めた。

と思った。

「ちょっと歩こうよ。メーターが上がっちゃう」

病院からずっと電信柱の数を勘定して、アパートの前まで行けばメーターが上がる
「へえ、頭のいい子だねえ」

と、おつりを渡しながら運転手は感心した。

「お嬢ちゃん、いくつ？」

「小さく見えるけど、もうじき中学なんですよ」

母が恥じるように答えた。

真夜中の道路は地の底のようにがらんとして、使いみちのなくなった都電の線路が、水銀を流したように伸びていた。

「どこ行くの、弥生ちゃん」

「橋。ちょっとだけ」

そこに行かねばならぬ理由は何もなかった。

「渋谷橋からね、渋谷が見えるんだよ。ねえ、ちょっとだけ」

力の脱けてしまった母の掌は冷たかった。

交叉点《こうさてん》から少し歩いて、渋谷橋の上に立つと、夜の彼方に渋谷の街のネオンが盛り

上がっていた。

「ね、きれいでしょう」

「ほんとだ。こんな夜中でも明るいんだね」

「もうじきオリンピックだから、どこも電気を消さないの」

「まさか。景気がいいからだよ」

弥生は鋼鉄の欄干に耳をつけた。

「なにしてるの？」

「こうするとね、工事の音が聴こえるの」

「へえ」

母は弥生と見つめ合うように、白い頬を橋にもたせかけた。

「ほんとだ」

「ね。代々木のオリンピック会場を作ってる音だよ」

母は大きな目をそっと閉じた。私の目は小さいのに、おかあさんの目はどうしてこんなに大きくてきれいなんだろうと弥生は思った。よその女の人みたいに付けまつげなんかしなくても、おかあさんのまつげは扇のようだ。

髪を結い上げた広い額を、渋谷のネオンが染めた。

「おかあさん」

「なあに」

言葉に詰まって、弥生は黄色い合羽の襟ボタンをはずした。

「ひとつだけお願いがあるんだけど——」

「あら、珍しいわね。なあに」

母は濡れた欄干から顔を起こした。

勇気を出さなくちゃ。誰にもできない、自分にしかできないことなんだから、勇気を出して言わなくちゃ。

弥生は顔をもたげ、母に向き合って背中をぴんと伸ばした。

きょうは雛祭りなんだから、一年に一度きりの女の子のお節句なんだから、勇気を出さなくちゃ。卒業式の答辞は和江ちゃんでもできるけれど、これだけは私にしかできない。

「おかあさん」

弥生は胸を張って、力いっぱい背伸びをした。しっかりと母を見つめた。

「私、一生わがままは言わないよ。けっしておかあさんに迷惑はかけないよ。このまま ずっと、中学でも高校でも、ずっと一番でいれば、お金なんかなくたってお医者さんになれるって、先生も言ってた」

　母はきょとんと弥生を見つめた。

「どうしたのよ、弥生ちゃん」

　細かな雨が降り始めた。目をつむってはいけない。タクシーの中で考え続けていた文句を弥生は一気に言った。

「私、約束する。誰にも負けないから。ずっと一番でいるから。日紡貝塚の人たちみたいに、ちっちゃくたって、ソ連の選手よりもずっと高く飛んでみせるよ。革靴も、鞄もいらないよ。靴なんかはかなくたって、アベみたいに誰よりも早く走るよ。だからひとつだけ、お願いです。一生にいっぺんだけ私のわがままを聞いて」

　母はこころもち後ずさった。さすがに目をきつく閉じ、震えながら、弥生は思いきり声を上げた。

「私に、おとうさんを下さい」

　言ったとたんに膝がくだけて、弥生は橋の上に蹲《うずくま》った。それから顔を両手で被《おお》って、大声で泣いた。

　お願いよ、おかあさん。もうひとりぼっちはいやなの。毎晩こわくて、がまんできないの。夜中におしっこに行くときも、一、二の三、って廊下に飛び出して、走って行くんだよ。

おかあさんだって大変なんだから、私、そんな情けないことは言わない。でも東京オリンピックでみんなが豊かになるのなら、私にも幸せを分けてほしい。

私、おかあさんと同じくらい吉井さんのことが好きだよ。吉井さんもおかあさんと同じくらい私のことが好きだよ。だからおかあさんも、私と同じくらい吉井さんのことを好きになってよ。

お願いよ、おかあさん。ほかには何もいらないから、私におとうさんを下さい。いつも一緒にいてくれる大好きなおとうさんを、私に下さい。

――母の手が膝を抱えて泣く弥生の体を抱き起こした。

「ごめんね、おかあさん」

濡れた着物の胸に顔をうずめて、弥生は母の匂いを吸いこんだ。

「おひなさま、片付けなきゃ」

母は少し照れながら、そう言ってくれた。

雛祭りは終わってしまったけれど、神様も一晩ぐらいは大目に見てくれるだろう。

「そうよ、片付けなくちゃ」

母はもういちどはっきりと言って、弥生の手を引いてくれた。

薔薇盗人
ばらぬすびと

1

親愛なるダディと、ぼくの大好きなメイ・プリンセス号へ。

お元気ですか、キャプテン。

ぼくがこの手紙を書いている四月三日、メイ・プリンセスはコロンボの港を出て、アラビア海を西に向かっているはずです。ダディが世界一周の航海に出てから、もう半月以上がたってしまいました。

手紙を書くという約束が、のびのびになってしまってごめんなさい。

今までのように、いたずら書きのようなファクシミリなら簡単だったのだけれど、今度ばかりはダディの注文が難しくて、なかなか書くことができませんでした。英語は日本語と同じようにしゃべれるのに、うまく書けないからです。つづりがよくわからないので、いちいち辞書を引かなければならず、香港《ホンコン》にもシンガポールにも、コロンボにも間に合いませんでした。

ひとつお願いがあるんだけど。

英語の手紙はちゃんと書きますから、それをファクシミリで送ってはいけませんか。最初に書いた手紙を、ダディに言われた通り大桟橋の事務所に持って行くと、郵便係の人に「もう香港の寄港日には間に合わない」と言われました。

シンガポールあての手紙は春休みの宿題があったのでパス。コロンボへは航空便の時間がかかるということで、やっぱり間に合いませんでした。この手紙はそういう時間も頭に入れて書いたので、今度こそダディのところに届くはずです。たぶん、アカバでもスエズでも大丈夫だとは思いますが、念のためエジプトのポートサイドを宛先《あてさき》にしておきました。

そんなわけなので、手紙をファクシミリで送ることができれば、とてもつごうがいいんだけど。

だめですよね。ダディはおまけをしてくれない。

便利な機械やコンピュータに頼っていたのでは、いい船乗りにはなれないってこと。ぼくは将来、ダディのような外国航路の船長になりたいので、やっぱりこのお願いは取り消します。

それから、手紙の下書きはダディに言われた通り、お隣のミセス・ジョーンズに読んでもらっています。ミセス・ジョーンズは去年ご主人が亡《な》くなってとても淋《さび》しいらしく、ぼくが手紙を持って行くと嬉《うれ》しそうに紅茶をいれてくれます。

古めかしい、上品な英語でしゃべりながら、まちがいをていねいに直してくれるのです。ちかごろ、ダディにこうして手紙を書くことがとても良い英語の勉強になっているのだとわかりました。この分だと、ダディが世界一周の旅から帰ってくる六月の末には、日本語より上手になっているかもしれません。

明日はミセス・ジョーンズの、八十回目の誕生日です。庭のバラをブーケにして、プレゼントしようと思っています。

もうひとつのキャプテンの命令。こっちのほうはきちんとやっていますからどうぞご心配なく。

航海に出るとき、ダディはメイ・プリンセス号のギャングウェイの下でぼくに言いました。

「洋一。私は世界で四つのものを心から愛している。わかるかね、まず洋一、おまえだ。それからマミー。そしてこの、メイ・プリンセス。あともうひとつは、庭のバラ。マミーは土いじりが嫌いだから、バラの世話はおまえに任せよう。いいね」

このキャプテン・コマンドはダディの口ぐせだから、言われなくてもわかっています。ダディが航海から戻ってくるまで、庭のバラをダディがそうするのと同じように世話するのは、ぼくの仕事です。

手紙が届かない間、ダディはたぶんそのことが一番気にかかっていたのではないでしょうか。でも、大丈夫。

まず、ダディの宝物であるハイブリッド・ティーの鉢から。

早咲きのレディ・ローズは大きな花を三つ咲かせました。ダブル・デライトは一緒に咲くと思ったのですけど、この春はふだんより寒いせいか、まだ蕾《つぼみ》を閉じたままです。きょう、鉢を動かしてテラスの脇《わき》のプレシアス・プラチナムに並べてみました。

ホワイト・シャトーと、黄色いポール・リカードも咲きかけています。クイーン・エリザベスはもうちらほらと咲いているので、全体としては庭が白っぽく見えてしまいます。テラスの脇で、ダブル・デライトとプレシアス・プラチナムが真赤な花を咲かせれば、ちょうど良くなると思うんだけど。

ハイブリッド・ティーは肥料のやりすぎに注意、でしたよね。

フロリバンダとミニバラの鉢はどれも元気です。

門のアーチを飾るドルトムントも、そろそろたくさんの蕾をつけ始めました。塀に沿ったモダン・シュラブのつるは、どういうわけか重そうに生い茂ってしまいましたが、ぼくには鋏《はさみ》を入れる勇気がありません。

裏庭のファンタン・ラトゥールの垣根は、ほっぽらかしのまま満開になりました。オールド・ローズは考えすぎてはいけない、というダディの育て方、なるほどです。だとすると、ダディにとって一人息子のぼくは、オールド・ローズではなくって、宝物みたいに育てるハイブリッド・ティーなのでしょうか。

明日、ミセス・ジョーンズのプレゼントには、ファンタン・ラトゥールとモダン・シュラブでブーケを作ろうと思います。白い花ばかりになるけれど、ご主人が亡くなられたばかりだから、いいですよね。

土いじりの嫌いなマミーは、一生けんめいにバラの手入れをするぼくを、二階の窓やテラスから見て笑います。洋ちゃんは女の子みたいだわ、って。

それはちがうと思う。花を咲かせるのは男の仕事で、女の人はその花を見て喜ぶもの。そうだったよね、ダディ。

マミーはまちがっていると思うけれど、バラの手入れをするぼくを見て嬉しそうにしているのだから、それでいいのかもしれない。マミーの笑顔はどんなハイブリッド・ティーよりもきれいです。

グランパが亡くなって、じきにグランマも亡くなって、マミーは長いことふさぎこんでいたけれど、もう大丈夫みたいです。何日か前に弁護士さんがやってきて、遺産相続のことはぜんぶ終わったと言っていました。世田谷のグランパの家を売ってしまうのは悲しい気もしますが、マミーにはこの家があるのだし、税金も払わなければならないのだから仕方がないと思います。

悩みごとがなくなったせいでしょうか、マミーはこのごろとても明るくなりました。

来週は新学年の家庭訪問です。

一年生から五年生までずっと担任だったマック先生が、ロンドンに帰ってしまったことはダディも知っていますよね。

では、新しくぼくらの担任になった、南《みなみ》先生をダディに紹介します。

南真一郎先生。ニューヨークの日本人学校からぼくらのスクールにやってきました。年齢は三十五歳で独身、でもニューヨークに恋人がいるそうです。日本に来るのが始業式のギリギリになってしまったのは、その恋人が離れたくないって駄々をこねたかららなんだって。

すごくかっこいい先生です。大学時代はバスケットボールの選手で、プロになるのが夢だったけれど、ちょっとしたわけがあってあきらめたんだそうです。

そのわけって、何だと思いますか。

ハリウッド・スターのオーディションに合格したんです。ところがデビュー直前にジョージ・ルーカスとけんかをして、役をおろされてしまった。それでニューヨークに帰って、日本人学校の先生になったそうです。

ともかくその南真一郎先生が、新しいクラスの担任としてスクールにやってきました。愛称は「ニック」。日系二世としてのセカンド・ネームが「ニコラス」なので、「ニック」と呼んでくれと言っていました。

ニック先生についてのくわしいことは、まだよくわかりません。

メイ・プリンセスのご機嫌はいかが？

航海が終わったら、夏休みにメイ・プリンセスのブリッジを見せてくれるっていう約束、忘れていないだろうね。もしこの約束を破ったら絶交だよ、ダディ。

それから、家のことはご心配なく。ウィリーの散歩は毎朝ちゃんと行っているし、ご近所の迷惑にならないように、うんちもきちんと取っています。

メイドのシゲ子さんも土、日以外は毎日きてくれて、掃除や洗濯や食事の仕度をしてくれています。

これからニック先生に家族を紹介する作文を書かなければならないので、手紙はこれくらいにしておきます。

作文は日本語でも英語でもいいんだけど、どっちにしようかな。やっぱり日本人なんだから、日本語のほうがいいね。

では、キャプテン。すばらしい航海を。

次の手紙は、イスタンブールでお渡しできると思います。

洋一

僕の家族　2

久松洋一

僕の父は新日本クルーズの社員です。

でも、ふつうのサラリーマンではありません。商船学校を卒業してからずっと客船に乗り組んでいて、今は七万八千トンのメイ・プリンセス号のキャプテンをしています。

だからふつうのお父さんのように、毎日家に帰ってくることはできません。一年のうち半分ぐらいは航海に出ていて、残りの陸上勤務のときと休暇のときだけ、家にいるのです。

今も家にはいません。毎年三月のなかばに世界一周の航海に出て、日本に戻るのは六月の末になります。今ごろはスエズ運河を通過しているはずです。

僕は父のことをダディと呼びます。母はマミーです。来年中学校に行ったら、そこは日本の子供ばかりなのだから、そういう呼びかたはやめようと思っています。でも、ほかの呼びかたをするのははずかしい気がします。

　僕は東京の世田谷区にある祖父の家で生まれました。もちろん生まれた場所は病院ですが、そのころダディとマミーは祖父の家に住んでいたからです。

　祖父は新日本クルーズの親会社の、新日本海運の会長でした。もとは海軍士官で、戦争中は軍艦に乗り組んでいたそうです。でも、二年前に亡くなってしまいました。今でも祖父のことを考えると、とても悲しいです。

　父は養子なのだそうです。母が一人ッ子なので、そういうことになったのです。ふつう客船の船長はもっとずっと年が上なのに、四十三才の父がメイ・プリンセス号のキャプテンをつとめているのは、もうじき陸に上がって本社勤務につくからだと、会社の人が言っていました。

　父が毎日家に帰ってきてくれるのはうれしいけれど、陸に上がってしまうのはちょっと残念な気もします。

　父は、僕が商船学校を卒業するまでは船に乗っていると約束してくれましたが、祖父が亡くなってしまったので、なるべく早く陸に上がらなければならないようです。

　父と母は僕が小学校に入るときに、世田谷の家から今の家に引越してきました。理由は、メイ・プリンセスの母港だということと、僕をアメリカン・スクールに通わせたかったからです。

家は丘の上の東のはしにあるので、庭先から大桟橋が見えます。父はベッドに入る前にテラスに出て、スコープでメイ・プリンセスを見ます。それで、すぐに電話をして、明りの指示などをします。朝起きてからも、食事の前にも同じことをします。父はいつもメイ・プリンセスのことで頭がいっぱいですが、趣味がひとつだけあります。それは庭にバラを咲かせることとです。

バラを咲かせることはとてもむずかしいので、父が航海に出ているときはたいへんです。シゲ子さんというメイドがずっと手入れをしていたのですが、去年から僕の仕事になりました。父が言うのには、「バラをじょうずに作れなければ船長の資格はない」のだそうです。それが軍艦と客船とのちがいだと言います。僕は軍艦なんかにはぜんぜん興味がないので、一生けんめいにバラを咲かせようと思いました。

子供の僕が言うのは少し変だと思いますが、僕の母はとても美人です。クラスのみんなが言うので、本当だと思います。

朝起きるとすぐに体操をして、丘の上をジョギングで一周してきます。それからシャワーをあびて、一時間ぐらい時間をかけてお化粧をします。だから僕は、いつも鏡の中で「行ってまいります」を言います。

母は三十五才ですが、「四捨五入して四十になっちゃった」と、誕生日にはガッカリしていました。

家の中のことはたいていメイドのシゲ子さんがやってしまうので、母には仕事がないみたいです。土いじりをするとツメがよごれるので、バラの手入れなんてとんでもありません。

世田谷の祖父と祖母が亡《な》くなって、母はすごくおちこんでいましたが、そのかわりお金持ちになりました。美人でお金持ちで、それはとても幸福なことだとは思いますけれど、たいくつそうなのはちょっとかわいそうな気もします。

おけいこごととか、ジムとか、サークルとかにかよいはじめても、すぐにあきてしまうようです。だから一日じゅう、テレビを見たり、本を読んだり、お化粧をしたりして過ごしています。

シゲ子さんは、「ぼっちゃんがもう少し悪い子になればいいんですよ」と言います。でも、そんなことはできるはずがありません。僕の将来の夢は、父のような外国航路のキャプテンになることです。そのためには、スクールの成績も一番でなければならないし、中学も私立を受験して、商船大学に合格しなければならないからです。

英語は日本語と同じくらいしゃべれるけれど、フランス語やスペイン語や中国語なども自由に話せなければいけないと、父が言っていました。父は世界一周航路の間、どこの港でも通訳を使わないのです。

あと、僕の家族といえば、ゴールデン・レトリバーの「ウィリー」です。僕の生れた年に買った犬なので、僕とはふたごみたいに仲よしです。でも、十一才といえば犬としては年よりなので、もうそれほどいっしょにはいられないのかと思うと悲しくなります。エサはシゲ子さんがあげますが、朝のおさんぽは僕の仕事です。

学校に行く前、母といっしょに家を出ます。母はジョギングなので、すぐに見えなくなってしまいますが、僕はウィリーとゆっくり歩きます。母は動物もあまり好きではないようです。

ウィリーが僕の家族だとすると、庭や垣根に咲くバラも家族なのかもしれません。バラにはたくさんの種類があります。

まず、父が一番大切にしているのは、ハイブリッド・ティーです。これには、ダブル・デライトとかプレシアス・プラチナムとか、パスカリとかレディ・ローズとかいろいろな種類があって、どれも鉢に咲かせています。とくに父のお気に入りは、ロンドンから持ち帰ったキャプテン・ハリー・ステビングスで、父の口ぐせを借りれば、「命より大切」なのだそうです。今年ももうじき、十五センチもある赤い大輪の花を咲かせるはずです。

庭のあちこちには、フロリバンダという種類の中輪が咲きます。これは横に広がって咲くので、庭の地植えには適しているのです。いま僕の家の庭には、シャンペン・カクテルという品種と、チャールストンと、トゥモローという黄色いものが咲いています。玄関のアーチはドルトムントというつるバラで、これは一年じゅう咲いています。一度散ってしまっても、すぐにまた赤い花をつけます。あと、塀と家の壁には、モダン・シュラブがぎっしりと咲きます。

裏庭はイングリッシュ・ガーデンで、そこには手のかからないオールド・ローズとイングリッシュ・ローズがあります。

はなやかなフロリバンダや、大輪のハイブリッド・ティーが咲きそろう南向きの庭よりも、僕はこの裏庭のほうが好きです。そこに咲いているのは、遠い昔からずっと伝わっている古い種類のバラばかりで、何だかとてもおちついた気分になるからです。

休日のアフタヌーン・ティーのときなども、母はテラスにパラソルを出して休みますが、僕は裏庭に行きます。べつべつにお茶の用意をしなければならないシゲ子さんはたいへんです。

裏庭からは港が見えませんが、僕をとてもかわいがってくれた祖父母がいるような気がするし、それに、父がどこかで見ているのと同じ空や雲があります。

これが僕の家族です。僕の家はとてもゆいしょのある古い家だそうですが、男はみんな海軍に行って戦争で死んでしまったので、血をうけついでいるのは母と僕しかいません。だから僕は父のあとをついで、りっぱなキャプテンになろうと思っています。

3

親愛なるダディと、ぼくの大好きなメイ・プリンセス号へ。

お元気ですか、キャプテン。

先日手紙を出しに行ったとき、大桟橋の事務所の係の人から、メイ・プリンセスの航路を説明していただきました。とてもビックリしました。イスタンブールは地中海と黒海の中間にあるのだとばかり思っていたのに、そうではないのですね。

ダーダネルス海峡を抜けてマルマラ海に入り、その一番奥にある黒海との海峡、ボスポラス海峡に面してイスタンブールという町があるとは知りませんでした。

つまりぼくは、地中海と黒海はつながっていると思いこんでいたのです。

これでようやく、航路日程の謎《なぞ》が解けました。

コロンボからアラビア海をはるばると横切ってスエズまではわずか九日間なのに、ポートサイドから地中海を北上してイスタンブールまで、どうして三日間もかかるのだろう。またイスタンブールを出航してから北イタリアのベニスまで、どうして四日間もかかるのだろうと、ふしぎに思っていたのです。

メイ・プリンセスはスエズ運河を通過したあと地中海を縦断し、その奥にあるエーゲ海からダーダネルス海峡を抜けてマルマラ海を丸一日航行し、イスタンブールに着くわけです。

世界一周航路でわざわざそんな寄り道をするイスタンブールは、きっとすばらしい町なのでしょう。そこは東洋と西洋とが混じり合うところなのだと、係の人が教えてくれました。

そんな町の港で、ダディがこの手紙を受け取るのかと思うと、何だか胸がワクワクします。

いま、ニック先生が家庭訪問をおえて帰ったところです。

きょうの予定は丘の上の家ばかり四軒で、ぼくの家が最後でした。そのせいか、ニックは二時間もいたんですよ。おかげで、応接間のソファにずっと座らされていたぼくは、もうクタクタです。

家庭訪問は一軒の家にせいぜい十五分か二十分ぐらい、という話でした。計算をしても、たしかに他の家にはそれくらいしかいなかったはずなのに（他の三軒の家とは、まず展望台のそばのジョナサン・リーの家、次がその先の前田君の家、それと、ぼくの家のすぐ下にあるヘレン・パトリックの家です）、どうしてぼくの家にだけ二時間もいたのでしょう。

マミーとニックはすっかり気が合ってしまったみたいで、どうでもいいような話ばかりしていました。はじめのうちは来年の受験のこととか成績のことなどを話していたのに、そのうち話題がそれて、映画のこととか食べ物のこととか、おしゃれの話になってしまいました。

マミーのおしゃべりにはみんながウンザリするのに、ニックはとても楽しそうに聞いていました。ニックが帰ろうとすると、マミーが引き止めてまた話しこんでしまうんです。

そのうちシゲ子さんが夕食の仕度を始めたので、もしや食事をして行くんじゃないかってハラハラしましたけど、さすがにそこまではしませんでした。

シゲ子さんはマミーのうしろに立って、「奥様、先生もご夕食をご一緒なさいますか」って、ものすごくイヤな顔をしながら言ったんです。まるで、「いいかげんになさい」ってニックに言ってるみたいに。

マミーにはシゲ子さんの顔が見えないので、「どうぞご一緒なさいましよ、先生」なんて言ってましたけど、ニックはもちろん断わりました。

そのかわり、マミーはニックを送って行きました。もう日も暮れかかっているというのに、つばの広い帽子をかぶって。羽根かざりがゆらゆら揺れながら、モダン・シュラブが半分くらい咲いた塀の向こうを通り過ぎて行きました。

マミーはとても不安なのだろうと思います。マック先生が突然ロンドンに帰ってしまって、次の担任がなかなか決まらなかったのはたしかです。たぶんニックは中学受験のことなどは何も知らないはずですから、マミーは心配でたまらないのでしょう。

もしかしたら、他の小学校の子供たちと同じように塾に行けって言われるかもしれないけれど、ダディはどう思いますか。

ぼくは行きたくありません。塾になんか通わなくても合格する自信はあるし、それに、バラの手入れができなくなってしまいます。もしマミーに相談されたら、反対して下さいね。ぼくを信じて下さい。

マミーは、ダディのいない間は書斎で勉強なさいって言います。そのほうが机も大きいし部屋も広いし、勉強が進むだろうって。

でもやっぱり、この屋根裏部屋のほうがいいです。眠たくなったらすぐベッドに入れるし、ミニバラの鉢を置いた窓からは、他の家の庭の様子や、港の景色が良く見えるから。

ダディもぼくの部屋の窓から、よその家の庭を見物しますよね。あれはただながめているのではなく、バラを育てる参考にしていたのだと、近ごろになって気付きました。

すぐ下のヘレン・パトリックの家には、うちと同じモダン・シュラブの垣根があるのに、花はずっときれいに咲いています。どうしてだろうと思って、スコープを使ってよく観察してみたら、枝の繁《しげ》りかたがうちとはちがうのです。今まで気が付かなかったのだけれど、きっと冬のうちか春先に、枝を剪定《せんてい》していたのでしょう。今からでは手おくれだろうし、第一ぼくにはまだ鋏《はさみ》を使う自信がありません。

ヘレンの家の庭は、他のバラもとてもきれいに咲いています。くやしいけれど、今のところぼくの家よりずっときれいです。

そう思って他の家の庭を観察していると、何だかどこの家のバラも、うちよりきれいに咲いているような気がしてなりません。

手紙を書いているうちに、マミーが帰ってきました。送りがてらニックとマミーはどんな話をしたのでしょうか。塾に行かせようなんてことじゃなければいいんですけど。

この次はニースかリスボンに手紙を書きます。ニースには四月二十一日の寄港、リスボンは二十六日と二十七日ですね。どちらも暖そうなところで、きっとバラもたくさん咲きそろっていることでしょう。上陸する機会があったら、写真をとってきて下さい。

手紙を書きながら、ダディが電話を使わないわけがよくわかりました。昔はそんなものがなかったんですよね。それどころか飛行機もなかったから、港に先回りして手紙を配達することもできなかったのでしょう。

昔の船乗りと同じようにしなければ、本当の船旅は味わえません。船の旅が便利になればなるほど、その値打ちはそこなわれてしまうことになります。だから、ファクシミリなんかもってのほか。

では、キャプテン。ひき続きすばらしい航海を。

ぼくやマミーのことはご心配なく。

洋一

4

親愛なるダディと、ぼくの大好きなメイ・プリンセス号へ。

ぼくがこの手紙を書いている今、メイ・プリンセスはニースの港に碇泊《ていはく》しているはずです。ということは、ダディがこれを読むのはリスボンになるってこと。

ニースではぼくからの便りを楽しみにしていましたか。

新学期が始まったばかりで勉強も忙しく、手紙を書く時間があまりとれませんでした。一通の手紙を書くのに、まだ三日間ぐらいかかるんです。辞書を引きながらやっと書きおえて、それをお隣のミセス・ジョーンズのところへ持って行って、お茶を飲みながら昔話にお付き合いしなければなりません。それから清書をして、大桟橋の事務所に届けるのです。

ミセス・ジョーンズの話を聞くのは、あんがい大変なんですよ。ダディもバラの手入れをしているとき、よくつかまりますよね。ミセス・ジョーンズは話し始めると止まらない。

本当は、うまい手を考えついたんです。ミセス・ジョーンズじゃなくって、ニックに手紙を見てもらえばいいって。

ダディが船に乗っているという事情はもちろん知っているし、それに英語の手紙を書くのはいい勉強にはちがいないのだから、ニックはよろこんでチェックしてくれるはずです。そうすれば、ミセス・ジョーンズの退屈な昔話に付き合わなくてすみます。それだけで半日分は時間を節約することもできます。

でも、この計画はマミーに反対されてしまいました。家のことを学校の先生にすっかり知られるのは、いいことじゃないって。

わかったようなわからないような感じ。プライバシーは大切にしなければいけないと思うけど、だったらお隣のミセス・ジョーンズに読んでもらうのも、やっぱりいいことじゃないでしょう。

マミーが言うには、「ミセス・ジョーンズは八十歳のおばあさんだから、どうってことない」んだそうです。

というわけで、下書きを読んでもらうかわりに、遠い昔のナチス・ドイツの残酷な話とか、死んでしまった子供たちの思い出話に付き合わなければなりません。ミセス・ジョーンズの話は暗くって、しまいには話しながらいつも泣き出してしまうんです。

「何をしてあげられなくても、友だちの悲しみは聞いてあげなくてはいけない」

というキャプテンの教えは、ちゃんとぼくの「航海日誌」に書きとめてありますから。

もうひとつ、それに並べて書いてあること。

「何もしてもらえないのならば、自分の悲しみを友だちに語ってはいけない」

ミセス・ジョーンズはぼくの親友だから、そういう付き合いかたをしなければなりません。これは一人前の船乗りになるための、大切な心がまえだと思います。

友だちといえば、どうしてもキャプテンに報告しなければならない出来事がありました。まだ誰にも秘密にしているんだけど、聞いてもらえますか。

ぼくに恋人ができたんです。ガール・フレンドじゃなくって、恋人です。

誰かっていうと――ビックリしないでね、ダディ。それはヘレン・パトリックです。

きっとダディはいま、メイ・プリンセスの船長室でこの手紙を読みながら、思わずパイプを口から離してしまったことでしょう。

嘘《うそ》じゃないですよ。うちの庭のすぐ下にあるパトリックさんの家の、そばかすだらけのヘレンです。

幼なじみのぼくらが急にこんな関係になるなんて、ぼくだって信じられないんだけれど。

ぼくとヘレンはスクールではそれほど仲が良いわけじゃありません。でも家がすぐそばだから、一緒にいる時間は多いんです。

朝はぼくがヘレンの家に迎えに寄ります。帰りも一緒です。スクール・バスは展望台のところまでしかきません。そこで乗り降りする同級生は、ぼくとヘレンと、ジョナサン・リーと前田君です。リー君と前田君の家はバス・ストップから近いので、ぼくとヘレンは丘の上までの急な坂道を二人きりで歩きます。六年間、ずっとそうしてきました。

五年生になったときから、手はつながなくなりました。そのかわり、歩きながら話をするようになったんです。人間って、手をつながなくなると話をしなければならないんですね。だったら手だけつないでいたほうがいいと思うんだけど、いつの間にかそれをやめて、手が離れてしまった分だけ、一生けんめいに話をするようになりました。

この一年、今まで知らなかったヘレンの悲しみを、たくさん聞いてあげました。

ヘレンのおとうさんとおかあさんが、とっくに離婚しているって、知ってましたか。ダディやマミーは知っていたかもしれないけれど、ぼくはビックリしました。ヘレンのおとうさんは仕事の都合でモントリオールに行っているのだとばかり思っていましたから。

実はそうじゃなくって、パトリック夫妻はヘレンが四年生のときに離婚をしていたんです。

ぼくには何もしてあげられないけれど、ヘレンの悲しみはぜんぶ聞いてあげました。ヘレンのふるさとはモントリオールです。でもほんの赤ん坊のころに日本に来たので、その町の記憶は何もありません。ミスター・パトリックはモントリオールに帰ったのではなく、離婚をしてシアトルに転勤になったのだそうです。だから、本当ならミセス・パトリックとヘレンはすぐさまモントリオールに帰らなければならなかったのですが、小学校を卒業するまでは日本にいることにしたのです。教育上の配慮、とかいうやつですね。

ということは、来年ヘレンはモントリオールに帰ってしまいます。

ずいぶん勝手な話だとは思いませんか。

両親の間で何があったのかは知らないけど(ヘレン自身もよく知らないそうです)、

親の都合で子供の人生が変えられてしまうのはひどいと思います。

パパはモントリオールに一足先に帰ったなんて、そんな嘘をつかなければならないヘレンはかわいそうです。

両親が離婚をしなければ、ヘレンはずっと日本にいることができたのかもしれません。あるいは家族一緒にシアトルへ行ったのかもしれない。でもヘレンは、記憶にもない生まれ故郷のモントリオールに、ミセス・パトリックと二人きりで帰らなければなりません。どんなにか心細いことでしょう。

モントリオールのあるカナダのケベック州というところは、英語が通じないって本当ですか。学校の授業もぜんぶフランス語だって。

ヘレンはとても落ちこんでいました。もちろんミセス・パトリックはフランス語をしゃべれるのでしょうけれど、ヘレンは英語と日本語しか話せません。離婚をして二人きりになってから、ミセス・パトリックはフランス語で話すようになったのだそうです。スクールを卒業したらモントリオールに帰るのだから、フランス語を話せるようにしておきなさい、ってわけ。

去年あたりからヘレンの成績が急に下がった原因はたぶんそれです。英語と日本語とフランス語が頭の中でごちゃごちゃになってしまったのだと思います。ぼくだって、たとえばマミーがある日突然、フランス語を話し出したとしたら、どうしていいかわからなくなります。成績もたぶん落ちます。

その秘密をぼくに告白したとき、ヘレンは言いました。

「洋ちゃんにお願いがあるんだけど。私は友だちみんなに嘘をつきながらカナダに帰るけど、本当のことを言った洋ちゃんだけは、ずっと友だちでいてね」、って。

キャプテンに質問します。たとえ自分が何をしてあげられなくても、クルーの悲しみは聞いてあげなくてはいけない。でも、もしクルーにしてあげられることがあれば、できるだけそうしてあげなければいけませんよね。クルーの命は、キャプテンから水夫のひとりひとりまで、ロープでつながっているのですから。

そうですよね。だからぼくは、ぼくがヘレンにしてあげられることを、けんめいに考えました。

答はほんの少し考えただけでわかりました。それしかないと思ったからです。

丘の上に続く坂道を歩きながら、ぼくはしゃべるのをやめてヘレンの手を握りました。勇気をふるって、一年ぶりに小さな手をつないだの。そしてきっぱりと、たぶんぼくにしか言えないことを言いました。

「スクールを卒業するまで、ぼくの恋人になってよ、ヘレン」

おかしいですね。こういう言葉って、日本語では言えない。あまり考えずに口から出た言葉は、英語でした。

ヘレンの家のフロリバンダの垣根の下で、ぼくたちは生れて初めてのキスをしました。

キャプテン、どうかご心配なく。心を落ちつけてパイプに火を入れて下さい。キスはその一度きりです。バス・ストップまでの行き帰りは、昔通りに手をつないで歩くようになりましたけど。

アイ・ラブ・ユーも二度とは言いません。そのかわり二人の愛のあかしに、ヘレンは帰りのスクール・バスの中でチューインガムを噛《か》み、別れるときぼくの口に入れてくれます。毎日欠かさずそうしてくれます。

ヘレンの噛んだチューインガムは、ミントの味のかわりに、甘いハイブリッド・ティーの香りがします。

キャプテンに重大な報告がもうひとつ。

ちかごろ丘の上に、花泥棒が出没しているようなのです。

どこの家でも垣根や塀ぞいにつるバラが咲き始めているのですが、赤い花ばかりが何者かに盗まれるのです。

ぼくの家では門のアーチに咲いたドルトムントが盗まれました。手の届くところに咲いていた花ばかり、五、六本も鋭い刃物のようなもので切り取られていたのです。

その翌《あく》る日には、ヘレンの家のフロリバンダがごっそりと盗まれました。切り口はやはり同じようだったので、きっと同一犯人のしわざだと思います。そればかりじゃないんです。スクール・バスの中でその話をしたら、ジョナサン・リーの家も前田君の家も、やはり同じ被害にあっていることがわかりました。

どこの家でもバラは大切に育てているので、この事件はクラスでも問題になり、月曜日の学級委員会の議題にもなりました。

驚いたことには、被害者は丘の上の子供たちだけではなかったのです。丘の途中にある清水谷君の家と、内藤いずみちゃんの家からもバラが盗まれたということでした。もちろん気が付いていない家も他にあるでしょう。

ニック先生が言うには、道路にはみ出して咲いているバラを盗んでも泥棒にはならないのだそうです。

本当ですか、ダディ。

それって、おかしいですよね。だってバラの根っ子は家の庭にあるのですから、花が塀や垣根の外に咲いていても、その家の花にはちがいないでしょう。

ぼくはニックに反論しました。もしそうだったら、家の外で子供が悪い人にさらわれても、誘拐《ゆうかい》したことにならないんじゃないかって。

ニックはゲラゲラ笑って、それは理屈だよと言いました。

ともかく犯罪ではないので、警察に届けたり、PTAで問題にしたりすることではないそうです。それぞれの家が気を付けるほかはないんだって。

おかげで仕事が増えてしまいました。勉強をしながら、ウィリーが吠えるたびに出窓をあけて外を見なければなりません。

アーチのドルトムントも、塀ぞいのモダン・シュラブも、せっかく赤い花をつけ始めたというのに、片っぱしから盗まれたらたまったものではありませんから。それに、本当にバラの好きな泥棒だったら、庭まで入ってきてハイブリッド・ティーの鉢を狙うかもしれないのです。もしそんなことをされたら、ダディに何と言っておわびをしていいかわかりません。

ニックはこれからときどき夜回りをしてくれるそうです。なにしろバスケットボールの名選手で、ハリウッド・スターにもなりそこねたニックのことですから、泥棒を見つけ次第、きっとこてんぱんにやっつけてくれることでしょう。

マミーが帰ってきたようなので、手紙はこれくらいにしておきます。信じられますか、ダディ。マミーは先週から、駅前の英会話スクールに通い始めたんですよ。週に一度か二度だけど、何だかやる気十分でウキウキしながら出かけます。夜の部は六時半からなので、ひとりで食事をしなければならないのはちょっと淋《さび》しいけれど。

ダディが航海から戻ったら、毎日英語で話をするようにしましょう。

では、これからの大西洋横断の旅、キャプテンとメイ・プリンセス号の無事を祈っています。

洋一

5

親愛なるダディと、ぼくの大好きなメイ・プリンセス号へ。

スペインのラスパルマスからブラジルのサルバドルまで、一週間の長い航海はいかがでしたか。世界一周の旅も、ちょうど半分ぐらい過ぎましたね。

日本はゴールデン・ウィークの連休だけど、大西洋は関係ありません。クルーのみなさんはパッセンジャーを退屈させないよう、大忙がしだったことでしょう。

丘の上は例年のように大にぎわいでした。展望台のあたりにはホットドッグ屋とかおみやげ物屋が出て、観光客が飲み食いをしながら丘の上を歩き回るものだから、道路の掃除が大変でした。

丘の上の古い家がそんなに珍しいのでしょうか。観光客たちはぼくの家やヘレン・パトリックの家の前で記念写真を撮って行きます。おかげでぼくは一日中、テラスに座ってバラが盗まれないように見張っていなければなりませんでした。

そんなわけで、スクールが休みだというのに恋人とデートもできません。ヘレンもぼくと同じ仕事をパトリック夫人から命じられていたからです。

ぼくは本当に恋をしてしまったようです。日ざかりのテラスに座ってぼんやりと海を見ていると、胸が苦しくなります。顔にはずっと笑みがこぼれているのに、胸がしめつけられるのです。どうしようもなくなると、ノートにヘレンの名前を書きます。

「ヘレン・パトリック・アイ・ラブ・ユー」と書き並べて、とうとう連休の間にノートがいっぱいになってしまいました。

どんなときでも、ヘレンのことばかり考えています。今ごろ何をしているのだろう、って。

それから、ヘレンとの未来を、あれこれと想像します。一番お気に入りの想像をダディにだけこっそり教えておきましょう。

わかりますよね、キャプテン。

はい、その通り。メイ・プリンセス号のトップ・デッキにあるグランド・スイートに泊まって、ぼくとヘレンは世界一周のハネムーンに旅立つのです。

ミドル・デッキの小さなチャペルで式を挙げ、パノラマ・ラウンジで乗客たちの祝福を受けながらのパーティ。夜の更《ふ》けるまでプロムナード・デッキに寝そべって、カクテルを飲みながらサザン・クロスをながめます。

ダディとマミーはもちろん一緒でしょうが、問題はヘレンのおとうさん。ぼくの想像はいつもそこで止まってしまいます。

まさか一人娘の結婚式には出席してくれると思いますが。

ミスター・パトリックの会社はユナイテッド・クルーズでしたよね。だとすると、シアトルの本社に勤務しているのでしょうか。それとももしかしたら、シアトルを母港にしているシルバー・ブリーズ号かパシフィック・ブリーズ号に乗り組んだのでしょうか。

もしどこかの港でミスター・パトリックに会うようなことがあったら、ぼくらの結婚式にはぜひ出席してくれるよう、ダディからも頼んでおいて下さい。

そう言えば、ダディ。ちかごろマミーもときどき、テラスの椅子《いす》にぼんやりと座って海を見ていることがあります。きっとマミーも、ダディのことばかり考えているのでしょう。どんな想像をしているのか、ちょっと聞いてみたい気もしますけど。

ねえ、ダディ。

ぼくの身の上に、とても困ったことが起きているようなんだけど、聞いてくれるかな。相談相手はキャプテンしかいないんです。

ぼくとヘレンとの関係が、バレちゃったみたいなんだ。ぜったいに秘密だったはずなんだけど。

休日の午後、突然ニックから電話が入ったんです。ぼくが出ると、ニックは何となくとまどいがちに、マミーと代わってくれって言ったの。声の感じがふつうじゃなかった。

マミーは電話を寝室に切りかえて、内側から鍵《かぎ》を掛けてしまいました。それから三十分も長電話をしていたんです。

はじめは、進路指導についてのことだと思った。でも、そんなことを休みの日の電話で、長く話したりするはずはない。第一、そういう内容なら、マミーが寝室に閉じこもる必要はないでしょう。すごく考えこんじゃいました。問題になるようないたずらをした覚えはないし、成績だって下がってはいません。でも、だとすると、考えられることはただひとつ。ヘレンとぼくとの関係がバレたとしか思えないんです。

「何の電話だったの」と、マミーに訊《き》くと、ものすごく怖い顔をしてプイと横を向いてしまいました。

叱《しか》られるのならまだしも気が楽なんだけど、そうじゃないんです。きっとキスをしたこととか、チューインガムやキャンディをなめ合ってることとかもバレていると思います。ぼくとヘレンの関係はそのくらいまで進んでしまっているので、マミーも叱り方を考えているのでしょう。

実はきょう、とうとういたたまれなくなってヘレンの耳に入れてしまいました。ぼくひとりの問題じゃないので、いちおう言っておいたほうがいいかなって思って、あまり深刻に考えさせないよう、冗談っぽく言ったんです。ところが——ビックリするような答えが返ってきたの。

「そう。やっぱりね」

「やっぱり、って?」

「うちにもそっくり同じ電話があったから。ママの態度も、洋ちゃんちと同じだったのよ。私は成績のこととか家族のこととかでいろんな問題があるから、まさか私たちの関係がニックにバレたとは思わなかったの。でも、あとでじっくり考えてみたら、ちょっとおかしい。ママがあんなふうにおどおどするのって変だもの。そうっかあ、やっぱりバレたんだ」

当分の間、疑われるようなことをするのはよそうって約束しました。バス・ストップまでの行き帰りには手をつながない。ガムやキャンディはひとりで食べる。ラブレターの交換も中止することにしました。

ぼくがぼんやりとヘレンのことばかり考えるようになったのは、それからなんです。気持ちを伝えることができないのって、つらいんです。こういうのを、欲求不満って言うんですね。

こんなときダディが家にいてくれたら、きっと丸くおさめてくれると思います。「まあ、そう大げさに考えるほどのことではあるまい。仲がいいっていうのはいいことじゃないか。まだ小学生なんだから、キスは早いがね」、なんて。

きょうは土曜日。マミーは英会話スクールのお友達と、一泊で温泉に行きました。シゲ子さんが作っておいてくれたビーフ・シチューをレンジでチンして、ウィリーと分け合って食べました。これから屋根裏の出窓を開けて見張りをします。ぼくの部屋の窓からはヘレンの家の庭までぜんぶ見えるので、いつかバラ泥棒を見つけられると思います。

では、キャプテン。すばらしい航海を。

次の手紙はブエノスアイレスかリオデジャネイロで届くようにします。

洋一

6

親愛なるダディと、ぼくの大好きなメイ・プリンセス号へ。

お元気ですか、キャプテン。

こちらは五月のなかばですが、南半球のリオでは秋の終りということになりますね。

日本はまだ肌寒いくらいです。四月は暖かくて、桜の開花も例年より早かったのに、五月に入ったとたん梅雨入りしたんじゃないかと思うほどの雨模様が続いています。

おかげでバラは思うように花を開いてくれません。とにかくお陽さまが足りないんです。

こういう陽気のとき、ダディだったらどうするのでしょう。

毎朝、天気予報を確かめて、雨が強く降りそうだったらハイブリッド・ティーの鉢だけでもテラスの藤棚の下に入れてから学校に行きます。でも、藤棚もすっかり繁《しげ》ってしまったので、天気予報がはずれて晴れたときには、貴重なお陽さまを当ててやることができません。

お陽さまが出たら鉢を動かして、なんて、マミーには頼むだけムダです。

そういうとき、シゲ子さんがいてくれたらなあと思います。

先日、マミーとシゲ子さんが喧嘩《けんか》をしちゃったんです。原因は知りません。マミーが英会話スクールに出かけるとき、夕飯の仕度をしていたシゲ子さんが急に怒り出したんです。文句を言いながらずっと廊下を追いかけて行って、玄関で言い争いになりました。

で、結局マミーが、

「メイドの分際で、その口のきき方はなによ。もう明日からこなくていいわ」、って言った。

何があったかは知らないけど、シゲ子さんがいなくなって困るのはぼくです。マミーが英会話スクールに行く日には、レトルトカレーかカップラーメンを食べなければなりません。

家の中は散らかり放題だし、それに朝ちゃんと目覚ましを掛けて自分で起きなければならないし。まさか寝坊すけのマミーを信用するわけにはいきません。

そのうちマミーはきっと音《ね》を上げます。ダディが航海から帰ってくるころには、シゲ子さんも今まで通りに働いていることでしょう。

きょうもキッチンがあんまり汚れていたので、

「マミー、やっぱりシゲ子さんにきてもらおうよ。これじゃそのうち家の中にまで草が生えちゃう」

と言うと、マミーもウンザリとした顔で、「そうねえ。不自由よねえ」と溜息《ためいき》をついていました。

チリひとつ落ちていないメイ・プリンセス号からダディが帰ってきたら、きっと気を失いますよ。いくらマミーの貴族趣味には慣れっこのダディでも、この荒れようを見たら百年の恋だってさめるはずです。

幸いぼくはダディに似て、身のまわりには神経質です。屋根裏部屋と庭は、チリひとつ落ちていません。


ところで、ぼくとヘレンの関係がバレたんじゃないか、というこの間の手紙の続きを報告します。

あれ以来、マミーはいっこうにその件について問いただそうとはしません。もし訊かれたら、

「ああ、ヘレンとはもう別れたよ。ちょっとした火遊びってやつさ」

と、答えも用意しているのですが。

やっぱりあの電話は、進路指導についてだったのだろうと思い始めた先日、ぼくの心配を証明してしまうような出来事がありました。

マミーとミセス・パトリックがゴミ捨て場で大喧嘩をしたのです。たまたまぼくはウィリーの散歩に出ていて、その一部始終を目撃してしまいました。

女同士があんなふうにおたがいをののしり合うところなんて初めて見たから、とても怖かった。

はじめは穏やかに話し合っていたんです。冗談まじりに。そのうちマミーが大声を上げて、そしたらヘレンのママも英語で怒鳴り返したんです。マミーは英会話スクールに通っているくせに、英語はてんでダメで、日本語で言い返すばっかり。

「泥棒猫」とか「しりがる女」とか、意味はよくわからないけど、ヘレンをそんなふうに言うなんてひどいと思いました。

止めに入ろうかなと思っていると、ミセス・パトリックは捨てゼリフを残して家に戻って行きました。

スクール・バスの中でヘレンから聞いたんだけど、ミセス・パトリックはマミーのことを、ぼろくそに言っているらしい。それはマミーのほうも同じです。

「あんな女、離婚してあたりまえよ」

そんなふうに口ぎたなくミセス・パトリックを非難するときのマミーの顔は、まるで般若《はんにゃ》のお面みたいに怖ろしくって、とても下品に見えます。

ともかく、これで僕とヘレンの関係がバレたことは、決定的になりました。親同士がそんなふうにいがみ合うなんて、まるでロミオとジュリエットみたいですね。

早くダディが帰ってきて、ぼくとヘレンの恋を取り持ってくれることを、心から望んでいます。

そうそう。花泥棒の件についてもキャプテンに報告しなければなりません。

相変わらず出没しているんです。ヘレンの家なんて、とうとう庭の中のハイブリッド・ティーがやられたんですよ。

ヘレンがやっと咲かせた、大輪のレッド・デビルです。

この品種は気温が低いとなかなか咲きませんよね。うちのレッド・デビルも、つぼみがほんの少し開きかけたままです。ヘレンはその鉢を、家の中に入れたり、庭に出して陽に当てたりしながら、ようやく咲かせたんです。その大切なレッド・デビルが、ある晩何者かに切り取られてしまったの。

かわいそうに、ヘレンは朝のスクール・バスの中で、ずっと泣き通しでした。

それでその晩、ぼくらはついに決心したんです。ぼくとヘレンと、ジョナサン・リーと前田君との四人で、バラ泥棒を捕まえてやろうって。

こういうこと、ダディは反対しませんよね。家にいたのなら、きっとこの警備隊の隊長として、ぼくらと一緒に出撃してくれたはずです。

満月の晩の午前零時きっかりに、ぼくらはお隣のミセス・ジョーンズの家の前に集合しました。ぼくの家の塀からずっとつながっている、モダン・シュラブの厚い繁みの下で。

ぼくはウィリーを連れて行きました。ヘレンはパスタを打つ棍棒《こんぼう》を握って、肩からロープまで掛けてきたんですよ。ジョナサン・リーはカンフーの達人です。

でも、肝心の前田君がこなかったの。前田君は体が中学生みたいに大きいし、声がわりだってしているから、泥棒を見つけたら一番頼りになるのに。

仕方なく、ぼくらは三人で捜索を始めました。

まず、てっぺんの教会に行って、花壇の点検をしました。

牧師さんはバラ作りの名人で、教会のまわりにはぎっしりとハイブリッド・ティーの地植えがしてあります。あのあたりは陽当たりがいいので、バラはきれいに咲いているはずです。だから、たぶん教会の花壇が荒らされているだろうと思って。

ところが、変なんです。赤レンガの花壇に、まるで美人コンテストみたいに整列しているハイブリッド・ティーの地植えが、一本も被害に遭っていなかった。

そのままブーケになりそうなポール・リカードの黄色い群も、純白にピンクの縁取りのある珍しいプリンセス・ド・モナコも、ぼくだって思わず欲しくなるくらいの大輪のウィニー・エドモンドも、ちゃんとそのまま満月の下に咲いていたんです。

「わかったわ、洋ちゃん。犯人は牧師さんよ」

ヘレンの推理に、ぼくとジョナサン・リーはうなりました。

「動機は？」

「それはカンタン。牧師さんは去年のガーデン・コンテストで第二位。だからくやしくって、今のうちによその家のバラを荒らしてるんだわ」

なるほど、と思いました。推理小説なんかでも、牧師さんがとんでもない偽善者で、実は冷酷な殺人鬼だったなんて、よくあるストーリーです。

「ちょっと待って、ヘレン――」

ぼくは大変なことに思い当たりました。だって、毎年六月の末に行われる「丘の上ガーデン・コンテスト」の去年のグランプリは、ぼくの家なんです。だとすると、牧師さんはぼくの家をどこよりも狙《ねら》うはず。

「そうよ、洋ちゃん。牧師さんはきっと、私の家と洋ちゃんの家をまちがえて、レッド・デビルを盗んだんだわ」

ヘレンの推理に、ぼくは再びうなりました。でも、ジョナサン・リーはうならずに抗議をした。

「やっぱりちがうよ。ゴルダー牧師はそんな人じゃない」

リー君の判断にはそれなりの説得力があるんです。なぜなら、ぼくの家はクリスチャンではないし、ヘレンの家はカソリックなのでミサは丘の下のカテドラル。ゴルダー牧師の人となりを知っているのは、プロテスタントのリー君だけなのですから。

「まちがいないと思ったんだけどねえ……」

ヘレンはすなおにあきらめました。結局、教会のバラはイエスに守られているのだ、ということになりました。

それからぼくらは息をひそめて、丘の上をぐるぐると回り、展望台の近くにある前田君の家の近くまで行きました。

「前田君、寝ちゃったのかな」

「そうじゃないわよ。ママがいつまでもテレビを見てるんだわ」

ぼくとヘレンの噂話《うわさばなし》を、ジョナサン・リーは笑いながら打ち消しました。リー君の家は前田君の家のすぐそばなので、家庭の事情についても詳しいのです。

「あのね、前田君はとっても気の毒なんだ。パパは甘いんだけど、神戸に単身赴任中だろ。ママはすごくやかましくって、勉強をしないと部屋の外から鍵《かぎ》をかけちゃうんだって。あいつ、きょう返された算数のテスト、三十点だったんだ。だから、今晩は閉じこめられるかもしれないって言ってた」

たしかに、リー君の指さす二階の部屋にはまだ灯りがついていました。

「トイレとか、どうするのよ」

「ママが、おまるを置いてくらしい」

「ひどォい。まるで猫じゃないの」

ぼくも、何てひどい話だろうと思いました。若くて明るいスポーツ好きで、トライアスロンなんかもやっている前田君のおかあさんが、そんなに陰険な人だなんて信じられなかった。でも、いっけん健康そうなアスリートが実は通り魔だったという推理小説も読んだことがあります。

丘の上をすみずみまで一周したので、きょうはこれくらいにしておこうと帰りかけたときのことです。

ぼくらが身をひそめていたオールド・ローズの垣根（たぶん、ラ・レーヌ・ヴィクトリアだと思います。枝が細くて、丸いカップのような赤い花ですから）の上に、サッと光が走りました。前田君の家のリビングのカーテンが開いて、テラスから誰かがそおっと出てきたんです。

男の声と女の声が二言三言、おし殺した囁《ささや》きをかわし、やがて足音を忍ばせて誰かが門から出てきた。

こんな夜中に、いったい誰なんだろう。もしかしたら花泥棒じゃなくって、本物の泥棒かもしれないと思いました。

背の高い男の影が近付いてきました。ぼくらはオールド・ローズの垣根の下にちぢかまって、やりすごそうとしたんです。でも、ウィリーが吠えちゃった。

ご安心下さい、キャプテン。その男の人は泥棒じゃなかった。月明りの中に正体を現わしたのは、ニック先生でした。

「やあ、君たち。こんなところでいったい何をしているんだい」

と、ニックは英語で言いました。

「家の人には内緒なんだけど、花泥棒を探していたんです」

ぼくはありのままを答えました。

「そうか。感心、感心。で、見つかったかね」

ぼくらは首を振りました。叱《しか》られると思ったんだけれど、ニックはあんがい物わかりのいい人なんです。

「実はね、先生もいま、君らと同じ目的でパトロールをしていたんだ。それで、前田君の家の前を通りすがったら、おかあさんがまだ起きてらして、ご苦労さまです先生、お茶でも召し上がってからして下さい、って言うもんだから、お言葉に甘えてたのさ」

ニックはそう言って、鼻歌を唄いながら丘を下って行きました。

ニックのこと、ちょっと見直しました。花泥棒は犯罪じゃない、なんて言ってるくせに、ちゃんとパトロールに出ているなんてカッコいいですよね。

さて、メイ・プリンセス号はリオを出航すると、いよいよアマゾン河口《かこう》クルーズです。七万八千トンのパッセンジャー・シップが入って行けるアマゾン川って、どんなに大きいんでしょう。

航路日程に変更はありませんか。五月二十六日はオランダ領キュラソー。二十八日はパナマ運河を通過して、アカプルコの海に入るんですね。

このところ、お隣のミセス・ジョーンズは具合が悪そう。たぶん雨が多いせいで、心臓が重たいのでしょう。ぼくもちょうどテストが続くので、次の手紙はサンフランシスコにしようと思います。

ちょっと淋《さび》しいでしょうけど、キャプテン。クルーズもクライマックスなのだから、仕事に身を入れて下さい。

夜会用のボウ・タイは曲がっていませんか。お髭《ひげ》の手入れは、朝晩ちゃんとしなければだめですよ。

世界一デラックスなメイ・プリンセスの船長は、世界一ダンディな男性でなければいけません。

では、ぼくの大好きなダディ。

今年も協力して、ガーデン・コンテストに優勝しましょう。

どうかすばらしい航海が続きますように。

洋一

7

親愛なるダディと、ぼくの大好きなメイ・プリンセス号へ。


久しぶりに手紙を書きます。

世界一周クルーズもいよいよ終盤。サンフランシスコを出航すれば、バンクーバーとジュノーに立ち寄って、あとは日本までノン・ストップですね。

屋根裏部屋のカレンダーも八十日が消えて、残る日程は二十日。航海が終わればダディに会えます。何だか淋しいような、嬉《うれ》しいような気分です。クルーの人たちもパッセンジャーも、きっと同じ気持ちでいることでしょう。

テストも無事に終わりました。結果は、まあまあです。ぼくがまあまあ、というんだから、マミーもダディもきっと納得するはず。


報告することがたくさんありすぎて、どれから書いていいのかわかりません。

こういうときに役に立つのが、キャプテンの教えをメモした、ぼくの航海日誌。

「いくつもの作業を同時にやろうとしてはいけない。忙しいときほど、ひとつずつ、正確に」

そうでしたよね。

では、報告その一。

あのね、ダディ。ちょっとしたミステリーがあったの。

この間、ヘレン・パトリックの家の庭から、鉢植えのレッド・デビルが盗まれたって話、覚えていますか。ヘレンが丹精こめて咲かせた、大輪のハイブリッド・ティーです。

その事件をきっかけにして、ぼくらは花泥棒を捕まえようと思い立ったのだけれど、残念ながら空振りに終わりました。たしか連休明けの、五月六日か七日のことだったと思います。

ところが、ダディにそのことを書いた手紙を出した晩、ミステリーが起こったんです。

マミーは英会話スクールに出かけていて、その夜は遅くまでぼくひとりだったの。リビングで勉強をしていたら、何だか家の中の散らかりようがすごく気になって、片付けを始めたんです。

ぼくはダディに似て、そういうのって気になるとダメなんです。たまらなくなっちゃう。それに、いったん掃除を始めると徹底的にやらなきゃ気がすまない。

それでね、どうせマミーが帰ってくるのは夜中だから（成績が悪いので最近は補習授業を受けているそうです）、家じゅうの掃除をしちゃったの。

玄関、廊下、トイレ、バス、階段、リビング、ダディの書斎も。寝室はそのままにしておこうと思ったんだけど、ごみためのようなところで朝寝をしているマミーの姿を想像したら、何だかみじめな気持ちになってね、どうせならビックリさせてやろうと思って。

ところが掃除機を引きずって寝室に入ったとたん、こっちがビックリしちゃった。ごみためみたいだろうと思っていたのに、寝室だけがピカピカなんです。

そのことはべつにミステリーじゃないよ、ダディ。マミーだっていよいよがまんがならなくなったら、寝室の片付けぐらいはするだろうから。

ミステリーというのはね、ベッド・サイドに一輪ざしのバラが生けてあったの。マミーにそういうデリカシィがあるというのは、はっきり言ってミステリーです。

でも、そうじゃなくってね、問題はそのバラ。ベッド・サイドに生けてあったバラは、真赤な大輪のレッド・デビルだったの。

ゾッとするでしょう。だって、ぼくの家のレッド・デビルはまだ咲いてないもの。ぼくの知る限り、レッド・デビルを咲かせていた家といったら——そう、パトリックさんの家しか思い当たらないんです。そして、ヘレンが丹精こめて咲かせたレッド・デビルは、その前の日に何者かの手によって切り取られていた——。

マミーはそんなにも、ミセス・パトリックを憎んでいるのでしょうか。大切なバラを盗んできて、まるで戦利品のようにベッド・サイドに飾っているなんて。

でも、そういうふうには考えたくないので、ミセス・パトリックが仲直りのしるしにプレゼントしたのだと思うことにしました。訊《たず》ねてみる勇気はないけれど。

ともかく、ミステリーですね。

報告、その二。

お隣のミセス・ジョーンズが入院しちゃったの。心臓発作で救急車のお世話になることは一年に何度もあるけれど、今回は少し様子がちがいます。

手紙を読んでもらって、英語のつづりを何ヵ所か訂正したあとで、ミセス・ジョーンズはいつものおしゃべりもせずにふさぎこんでしまった。それで、自分勝手なことは何ひとつ話さずにね、マミーのことばかりぼくに訊いたんです。

ミセス・ジョーンズはとてもいい人だから、ぼくは訊ねられたことにはすべて答えました。包み隠さずに、ぼくとヘレンとの秘密の関係とか、それがニック先生やマミーにバレたこととか、そのせいでマミーとミセス・パトリックの仲が悪くなったこととかね。つまり、手紙の内容を、もっと詳しく説明してあげたの。

その翌《あく》る日、ぼくが大桟橋の事務所に手紙を届けて帰ってみたら、マミーとミセス・ジョーンズがガーデン・セットに向き合って座って、何だかとても神妙な顔をしていた。

「あのね、奥さん。ご主人はお見通しですわよ」って、ミセス・ジョーンズは英語よりうまい日本語で言った。

マミーはずっとしょんぼりして、ミセス・ジョーンズの話を聞いていたんだけど、そのとたんに、「ええっ、どうして！」と叫んで立ち上がりました。

ぼくには何が何だかさっぱりわかりませんでした。ミセス・ジョーンズはとても真剣な顔でマミーをにらみつけていたし、マミーはものすごくうろたえていたんです。

ごめんなさい、ダディ。

ぼくは、ぼくとヘレンとの秘密の関係が、そんなふうにみんなを悩ませるほどいけないことだとは知らなかったんです。

ぼくとヘレンは愛し合ってしまいました。キスもしてしまいました。でも、ぼくらはまだ小学生なのだから、やっぱりいけないことなんですね。

ミセス・ジョーンズはとうといたたまれなくなって、マミーにお説教をしにきたのです。ダディもきっと悩んでいることでしょう。マミーも、ミセス・パトリックも、ニック先生も、みんなこのことについては地獄の火にあぶられるように悩み抜いていることでしょう。

いけないのはぼくです。ヘレンを誘惑したのもぼくです。ぼく以外の誰にも責任はありません。

だからそのときぼくは、芝生の上に走り出て、大きな声で反省をしました。

「ごめんなさい、ミセス・ジョーンズ。マミーを叱らないで。ちょっとした火遊びだったんです」

一瞬、時間が止まっちゃいました。マミーはぼくの顔をじっと見つめて、そうするうちに目にいっぱい涙がたまって、わあっと泣き伏してしまったのです。

「ごめんね、マミー。ぼく、いい子になるから。だからマミーもしっかりして」

「そうよ、火遊びだったのよ。どうかしてたんだわ」

「うん、ぼく、どうかしてた。航海に出ているダディにまで知らせちゃったりして。きっと悩んでるよね」

「大丈夫よ、洋ちゃん。マミーはちゃんとおわびをする。どんな罰でも受けるわ」

「罰を受けるのはぼくだよ。ぼくがいけなかったんだ。ぼくがいい子なら、マミーはこんな思いをしなくてすんだんだ」

じっとぼくらの様子を窺《うかが》っていたミセス・ジョーンズが、突然倒れたのはそのときでした。

「あの男は悪魔よ。とんでもないジゴロよ」

謎《なぞ》の言葉を残して、ミセス・ジョーンズは倒れてしまったのです。

ねえ、ダディ。「ジゴロ」って何ですか。「あの男」って、いったい誰のことですか。きのう、マミーとお見舞に行ってきたんだけど、当分の間はＩＣＵから出られないって。

ぼくのせいでミセス・ジョーンズがこんなことになってしまったのかと思うと、申しわけない気持ちでいっぱいです。

ごめんなさい、ダディ。航海から帰ったら、お尻《しり》をぶたれても仕方ありません。覚悟はできています。


報告、その三。

「いくつもの作業を同時にやろうとしてはいけない。忙しいときほど、ひとつずつ、正確に」

この次に続く船長の教え。

「簡単な作業から、順序よく片付けること」

実は、この三番目の報告がどれよりも重大なんです。

五月二十九日、つまりメイ・プリンセスがパナマ運河を通過した日、大事件が起こりました。

ミセス・パトリックが家出をしちゃったんです。

朝、いつものようにぼくが迎えに行くと、ヘレンはリビングにうずくまって泣いていました。ママがいなくなっちゃった、って。

着替えとお化粧道具と、ヴィトンのスーツケースがなくなっていて、かわりに書き置きがありました。

何て書いてあったのかというと、これがひどいんです。

「ママは好きな人と新しい生活を始めるので、ヘレンはパパのところへ行きなさい。急なことで申しわけないけれど、落ち着いたら連絡をします。それまでいい子でいるのよ。ママ」

いくら何だって、これはひどすぎると思うでしょう、ダディ。

すぐにマミーを呼びに行きました。駆けつけたマミーは書き置きを読むと、芝生の上にペタンとおばあさん座りをしてしまいました。きっと、喧嘩《けんか》ばかりしていた自分にも責任があると思ったのでしょう。とてもショックを受けている様子でした。

そのうち、騒ぎを聞きつけてジョナサン・リーのママと、前田君のおかあさんもやってきました。書き置きの回し読みをしながら、二人ともマミーと同じようにおばあさん座りをしてしまいました。

誰にとっても、目の前がまっくらになるくらいの大事件だったようです。

みなしごになってしまったヘレンは、パパがシアトルから迎えにくるまで、カテドラルに預けられることになりました。

ニックはたぶん、この事件の責任を取らされてクビになったんだと思います。校長先生は、「ニューヨークに急なお仕事ができて」と説明していましたけど、いくら急な仕事だって子供らに一言の挨拶《あいさつ》もなくアメリカに帰ってしまうはずはありません。

校長先生の態度も何となく落ちつかなくって、嘘《うそ》をついてるような気がしたんです。でも、クビはきびしすぎると思いました。ヘレンの身の上に起こった不幸を考えれば、仕方ないとは思うんだけど。

もっとも、ニックがスクールを辞めた原因については他の説もあります。それは、「花泥棒はニックだった」という、かなりショッキングな噂《うわさ》です。ただし、この噂の震源地はクラスの問題児である「うそつきチャーリー」ですから、あまり信用はできません。チャーリーはニック先生がよその家のバラをナイフで切るところを、目撃したと言い張るのです。

クラスのみんなは信じようとしなかったけれど、あの晩泥棒を捕まえに行ってニックと出会ったぼくとジョナサン・リーは、もしかしたらその通りかもしれないと思いました。

クビになった理由としても、そっちのほうが自然な気もします。

きょう、新しい担任の先生がやってきました。ローズマリー・ゴールドウェルという、映画スターみたいな名前の若い女の先生です。

ヘレンもカテドラルの施設から、スクールに通い始めました。もうじきパパが、シアトルから迎えにくるそうです。

ダディへの手紙も、入院してしまったミセス・ジョーンズのかわりに、ロージー先生が見てくれるそうです。ロージーは名前と同じくらいの美人なので、今から胸がドキドキします。

こういういろいろな事情があって、手紙が遅れてしまいました。続きは最終寄港地のジュノーで受け取れるよう、急いで書きます。

では、最後の航海の無事を祈って。

洋一

8

親愛なるダディと、ぼくの大好きなメイ・プリンセス号へ。

ジュノーという港の位置がわからなくて、ずいぶん探してしまいました。てっきりアメリカの西海岸だとばかり思っていたんです。

くやしいけれど、マップ・リーディングは降参して索引を引いてみたら、アラスカなんですね。しかも、アレキサンダー諸島とロッキー山脈に囲まれた、ちっちゃな港町。

最終寄港地としては遠回りのような気がするけど、地球は丸いからこっちの航路のほうがハワイ経由よりずっと近いのでしょう。

メイ・プリンセスは今ごろそのジュノーの港を出て、太平洋を一路日本に向かっているんですね。帰港は六月二十三日。百日間の世界一周クルーズ、ほんとうにご苦労さまでした。

キャプテンに、とても悲しい報告をしなければなりません。

きょう、ぼくは恋人と別れました。ヘレン・パトリックのパパが、シアトルから迎えにきたのです。

ぼくが日ごと夜ごと夢に見ていたヘレンとの未来は、ぜんぶなくなってしまいました。あとかたもなく、夕凪《ゆうなぎ》の港にほんのひとときき刻まれた、タグ・ボートの航跡みたいに。メイ・プリンセスでのハネムーンも、まぼろしになってしまいました。

ただひとつ、ぼくにとって救いだったのは、ヘレンがシアトルまで、あのシルバー・ブリーズ号に乗って帰ったことです。

シルバー・ブリーズはヘレンのパパが勤務するユナイテッド・クルーズのフラッグ・シップですね。神様がかわいそうなヘレンのために、シアトル航路のエースをお遣わしになったのでしょうか。それとも、ミスター・パトリックからの、せめてものプレゼントなのでしょうか。

きょうは初夏の陽射《ひざ》しがまばゆい日曜日です。ミスター・パトリックは朝から荷造りに大わらわでした。事情が事情なのでお手伝いをするのも気が引けるし、ミスター・パトリックもあらたまってお別れの挨拶にはきませんでした。つまり、パパとヘレンは逃げるようにして丘の上から去って行ったんです。

この数日間、ヘレンはずっと泣き通しでした。授業中も、スクール・バスの中でも、行き帰りの坂道でも。

ぼくには慰めの言葉が思いつきませんでした。だって、考えてもみて下さい。ヘレンがこんなことになってしまったそもそもの原因は、ぼくが彼女を愛してしまったからなのです。

ちがいますか、キャプテン。

ぼくがヘレンを好きにならなければ、きっとマミーもミセス・パトリックをいじめなかったろうと思います。ヘレンもミセス・パトリックに捨てられなかったはずです。もとをただせば、みんなぼくがいけないんです。

ヘレンとミスター・パトリックが逃げるようにして去って行ったあと、ぼくは屋根裏部屋のつるバラの窓辺にもたれて、ぼんやりと港をながめました。

大桟橋には、真白なシルバー・ブリーズが接岸していました。出航は十七時です。ヘレンには言ってあげなければならないことがたくさんあるのに、そして、言わなければならないことがたくさんあるのに、そうしてじっと出航の時間を待っている自分自身が、情けなくて仕方がありませんでした。

どうして。火遊びだと思いたいから。それが一番、気楽だから。

ちがうちがう。勇気がなかったから。

天使と悪魔がぼくのまわりを飛びかいました。

ぼくに決心をさせたのは、困ったときにいつも開く航海日誌――キャプテンの教えをぎっしりと書きとめた、海の色のノートでした。

「パッセンジャーに対しては常に忠実であること。クルーに対しては常に誠実であること。それら職務を支えるものは、常に勇気である」

物心ついたときから、ヘレン・パトリックはぼくの大切なクルーでした。そして、愛を告白したその瞬間から、彼女はぼくのたったひとりのパッセンジャーになったはずです。

勇気をふるわねばならないと思いました。誰のためでもありません。ここで勇気をふるうことができなかったら、ぼくはメイ・プリンセスのクルーになる資格はないと思いました。

マミーが止めるのも聞かずに、スケートボードで丘を滑り下りたぼくを、どうか許して下さい。

夕陽に染まったシルバー・ブリーズのギャングウェイで、ぼくはヘレンを抱き止めました。大桟橋は見送りの人々や見物人で溢《あふ》れ返っていたけれど、ちっともはずかしくはありませんでした。これはぼくの職務だと思ったから。

「ごめんね、ヘレン」

言わなければならないことはたくさんあるはずなのに、それしか見つからなかった。

「がんばってね、ヘレン」

言ってやらなければならないこともたくさんあるはずなのに、それしか見つからなかった。英語も日本語も、他には何も見つからなかったんです。

抱きすくめたブロンドの耳元で、何度も何度も同じ言葉をくり返すうちに、ぼくはもどかしさで泣いてしまいました。

「ありがとう、洋ちゃん」

と、ヘレンはたぶん最後の日本語で言ってくれました。

「ところで、プレゼントは？」

そう訊《き》かれても、ぼくは何も持っていませんでした。

「ねえ、プレゼントは」

言いながらヘレンは、顎《あご》を上げて目をつむりました。

さて——ここでキャプテンに質問します。メイ・プリンセス号の優秀なクルーは、パッセンジャーからこうしたコマンドのあった場合、キスをするのでしょうか。

答えはイエスであると、ぼくは信じます。

だって、デッキやギャングウェイに立つシルバー・ブリーズのクルーたちは、いっせいに拍手をしてくれたもの。

キスのあとで、ヘレンは言いました。

「私からのプレゼントは、おうちに置いてあるから。じゃあね、バイ!」

艫綱《ともづな》がほどけるように、ぼくとヘレンの手は離れました。

ねえ、ダディ。

ヘレンからのプレゼントって、いったい何だと思いますか。

大桟橋でシルバー・ブリーズを見送ったあと、ぼくはめそめそ泣きながらスケートボードを抱えて丘を登ったの。

家の近くまできて、ヘレンの言葉を思い出しました。それで、もういちど坂道を引き返して、ひっそりと静まり返ったパトリック家の庭に入ったんです。

ぼくを待っていたのはね、何十鉢ものハイブリッド・ティー。満開の花の茎に一枚ずつ、ハート形に切り抜いた色紙が貼《は》り付けてありました。

振り返ると、たそがれの港をシルバー・ブリーズが遠ざかって行きます。タグ・ボートを家来みたいに従えて、真白な巨体が鏡のような夕凪の海を、ゆっくりと遠のいて行くのが見えました。

ねえ、ダディ。

ぼくからの一生のお願い、聞いてくれますか。

もし太平洋のどこかで、メイ・プリンセスとシルバー・ブリーズがすれちがったなら、親愛のホイッスルを力いっぱい鳴らして下さい。ぼくが恋人に言い忘れた、「アイ・ラブ・ユー」の思いをこめて。

ところで、キャプテン。

この悲しい日曜日にぼくを待ち受けていたものは、思いがけない喜びでした。

ハイブリッド・ティーの一鉢を抱えて家に戻ると、その日の陽気のせいで、ぼくの家のバラも満開になっていたんです。

早咲きのレディ・ローズはもちろん、ダブル・デライトもプレシアス・プラチナムも、目の覚めるような赤い花を咲かせていました。

急に咲いたはずはありませんよね。そう、いつかダディが言っていた通りなんです。

「悲しい瞳《ひとみ》に、バラは咲かない」

大輪のホワイト・シャトー。黄色いポール・リカード。クイーン・エリザベスは真白な花をいっぱいにつけていました。

門のアーチを飾るドルトムント。塀を被《おお》うモダン・シュラブ。

それればかりじゃありませんよ、裏庭のファンタン・ラトゥールも、イングリッシュ・ローズのお花畑もみんな満開でした。

二階のバルコニーから身を乗り出して、マミーが叫びました。

「洋ちゃん、もうじきダディが帰ってくるわ！」

マミーはメイ・プリンセスの航路日程なんて頭に入ってないんですよ。でも、ダディが帰ってくるのはわかるの。

どうしてかっていうと、毎年メイ・プリンセスが世界一周クルーズから帰る前には、ダディが命より大切にしているキャプテン・ハリー・ステビングスが必ず咲くから。

庭のまん中に、マミーの顔と同じくらいの大きさのキャプテン・ハリー・ステビングスが、今年も咲きました。

では、ぼくの大好きなキャプテン・ハリー。残る航海のご無事を、心からお祈りしています。

大切なバラがたとえ一輪でも盗まれぬよう、マミーと二人でしっかり見張りを続けます。どうぞ、ご安心を。

洋一

解説

菊池仁

本書『薔薇盗人《ばらぬすびと》』は、〝笑い〟と〝ペーソス〟を描かせたら当代随一の作家・浅田次郎の、新潮文庫初登場の短編集である。本書ほど初登場にふさわしい作品はないと思っている。少々、説明がいる。

新潮社といえば現在、新発見の作品や資料を加えた『決定版　三島由紀夫全集』を刊行中であるし、三島作品をもっとも多く収録しているのも新潮文庫である。その三島由紀夫と作者は不思議な縁で結ばれている。なぜなら、作者は浅田次郎・朝日新聞社文芸編集部編『浅田次郎読本　待つ女』に収められた年譜の、一九七一年（昭和46年）二〇歳の項によれば、

《三月、大学一浪ののち、「まったく純粋な気持ちで、三島の死を探求するために」陸上自衛隊に入隊。》

という稀有《けう》な体験の持ち主だからだ。作者はその時の心境を、「寂寞《じゃくまく》の庭にて――

三島由紀夫の戦場」（同『待つ女』所収）と題する独特の切り口をもった三島由紀夫論のなかで、次のように語っている。

《あとには心にぽっかりと穴のあいたような喪失感ばかりが残った。おそらくその感覚は、事件に接した多くの人々が共有したであろう。悲しみも悼《いた》みも怒りもなく、かけがえのない近しい者を喪《うしな》った虚《うつ》ろな気分を、誰もが味わったのではなかろうか。私は考えねばならなかった。文学的にはさほど傾倒していたわけでも、とりたてて強い影響を受けていたわけでもなかったが、私の中の三島由紀夫は「小説家すなわち三島」というべき存在であった。わかりやすく卑近なたとえをするなら、刺身と聞いて鮪《まぐろ》を連想するくらいの象徴的存在であった。

それから数ヶ月もの間、私は小説も学問もそっちのけで、三島の不可解な死について考えねばならなかった。いやむしろ、思いつめたというべきであろう。

三島を囲繞《いにょう》していた社会を、私は同じ小説家として生きるのである。だからこそこの厳粛な事実を、三島個人のものとして看過することはできなかった。》

さらに、特記すべきことがある。前掲『待つ女』に収められた「自作を語る」のなかで本書について、

《短篇として「あじさい心中」「ひなまつり」「薔薇盗人」の三本が自分でも好きで

すね。特に最後の、表題作にもなった「薔薇盗人」は、三島由紀夫への嫌がらせみたいな小説で（笑）。僕の頭の中ではいまだに三島由紀夫の亡霊みたいなものがさ迷っていて、それが小説のかたちに化けて出てきてしまったという感じですか。》と、意味深長なことを語っている。

このことが何を意味しているかは後述するとして、この発言からも本書が、新潮文庫の初登場作品にいかにふさわしいか理解してもらえよう。

さて、本文庫初登場ということもあるので、ここで作者の略歴と作品ジャンルについて簡単に触れておこう。

作者は一九五一年（昭和26年）、東京都中野区生まれ。十三歳の時、「小説ジュニア」に小説を初投稿、以後、不良高校生時代から自衛隊時代を含めて、三十歳過ぎるまで、群像、文學界、新潮、文藝、すばる、オール讀物、小説現代と、およそ目に触れる限りの新人賞に応募するも、ことごとく没となる。

一九八七年、三十六歳の時、「月刊小説」に連載したエッセイ「自衛隊の裏は天国か」が、文壇デビューのきっかけとなり、九二年、ピカレスクロマン『きんぴか』を天山出版より刊行。九三年に発表した『プリズンホテル』で注目を集め、九四年の『地下鉄《メトロ》に乗って』で、第十六回吉川英治文学新人賞を受賞する。九七年『鉄道員《ぽっぽや》』

で第一七回直木賞を受賞し大ブレークするわけである。

その作品をジャンル別にたどると、『プリズンホテル』シリーズに代表される笑いとペーソスに溢《あふ》れたピカレスクロマンをはじめ、『日輪の遺産』、『シェエラザード』等の冒険小説、『蒼穹《そうきゅう》の昴《すばる》』、『壬生《みぶ》義士伝』等の歴史小説、『鉄道員』、『月のしずく』等の短編集、これに、『勇気凛凛《りんりん》ルリの色』シリーズに代表される人気エッセイが加わり、実にその作風はバラエティに富んでいる。そして、エッセイはともかくとして、いずれの作品も鮮やかな人物造形、巧みな構成、見事に決まった秀逸なセリフと、きわめて完成度の高いのが特徴となっている。

そこで本書である。本書には表題作をはじめ、「あじさい心中」「死に賃」「奈落」「佳人」「ひなまつり」の六編の作品が収められている。「死に賃」「奈落」「佳人」の三編は、人間のもつ不思議な奥深さを、まったく違う手法で描いた作品で、短編の面白さを満喫できるが、ここでは前掲の発言でも見られるように作者自身が好きだと語る「あじさい心中」「ひなまつり」「薔薇盗人」の三編について見ていこう。「あじさい心中」のもつうまさは圧巻である。作者の紡《つむ》ぎ出す哀切な世界の虜《とりこ》になってしまうこと必定である。

物語は出版社をリストラされた中年のカメラマンが、場外馬券売場に行くつもりで新宿まで出たとたん、ふと思いついて東北地方のローカル競馬場へ行く場面からはじまる。ところが思惑がはずれて大金を使い果たし、それでもローカル競馬につきものの温泉地へ出かけ、いかにも「小屋」という感じのストリップ劇場に入り、年増のストリッパーと出会うことになる。この年増のストリッパーと、主人公との人生の一瞬の交錯が物語の主題となっている。

主人公の境遇を紹介した導入部とは一転して後半は、薄幸な踊り子のひたむきな生が、苛酷《かこく》な過去のエピソードをまじえて語られていく。踊り子の独白の部分は哀切きわまりない話となっており、語り口のうまさに茫然《ぼうぜん》としてしまった。この独白によって、リストラのために拠《よ》り所《どころ》を失っていた主人公の心は、踊り子に向って寄り添ってゆく。といっても愛とか恋ではない。底辺を這《は》いつくばって生きてきた人間だけがもつ強さと哀しさに打たれたからだ。

《しどけなくビールを飲む姿を見ながら、いい女だな、と北村は思った。表情やしぐさの逐一に、完成された彫像のような美しさがあった。声や言葉づかいも、姿にふさわしい音楽のようだった。

リリィは何も忘れてはいない。甘んじて受け容れてきた不幸がひとつひとつ積もり重なって、たとえば樹木の滴りが虫や塵をくるみこんで輝かしい琥珀《こはく》となるよう

に、リリィは記憶の宝石になっているのだった。》

この場面は、独白の後に心中をもちかけられた主人公が「それほどの不都合はない」と判断したときのものである。主人公は気がついていないが、主人公の眼は踊り子を美しい被写体として見ていることに留意する必要がある。

心中が突然のアクシデントでお流れになってもこの視点は変わらない。カメラアイと化した主人公は、心中未遂の翌日、訪ねてきた踊り子の姿を、次のような表現でとらえている。

《やがてリリィは、あたりを埋めつくす花にまぎれて、純白のあじさいになった。》

映像を凌《しの》ぐ文章ならではの名場面である。しかし、真の美しさはその後に用意されている。

《「やっぱり、夫婦だったのかねえ。そうじゃなけりゃあ、あんなふうに頭は下げられないよねえ」

それはちがうと思う。リリィは降りしきる雨に腰をたわめ、こうべを垂れて生きているのだろう。そうやって、ずっと咲き続けてきたのだろう。

北村は若いころよくそうしたように、両手の人差指と拇指でファインダーの枠を作り、フロントガラスに向けて構えた。

翻る風景の彼方に、夏雲が輝いている。》

作者は、こうべを垂れて生き続けてきたリリィのひたむきな美しさを、主人公の心、つまり感光紙に焼きつけることで、拠り所を失っていた人間が活力を取り戻しつつあることをさりげなく描写して見せたのである。現代では失われてしまった〃大人のメルヘン〃とでもいうべき作品である。大人のためのメルヘンを現代に蘇《よみがえ》らせたところに作者の並々ならぬ力量がある。

余談だが、ストリッパーでなおかつ名前がリリィということから、「フーテンの寅さん」に登場した浅丘ルリ子演じるリリィを連想した。ひょっとすると、この作品は浅丘ルリ子演じたリリィへのオマージュかもしれない。作者にはそんな隠し味がよく似合うと思った。

次の「ひなまつり」は、『地下鉄に乗って』以来、『鉄道員』、『月のしずく』、『霞町物語』等の短編集で一貫して追求してきた〃家族の欠落〃をモチーフとして、それを埋めようとする人間のひたむきさを描くという主題に応《こた》えた作品である。得意な主題だけにうまい。主人公の弥生《やよい》には父がいない。母がホステスをして生計をたて、小学生の弥生は一人で留守番をしている。あと二時間ちょっとで三月になるという夜、弥生は「お雛様《ひなさま》は二月の風に当てなければいけないと、死んだ祖母が言っていた。そうしないとお嫁さんになれないらしい。」という言葉を思い出して、漫画の付録についてきたボール紙の雛飾りを細工しはじめる。この冒頭の場面には〝ひなまつり〟に寄せる少女の想いと、そこにひそむ少女の孤独感が巧みに表現されている。

　作者は雛飾りをしている少女の孤独の叫びに、耳をすますような語り口で、父の欠落を必死に埋めようとする弥生のひたむきな願いに迫ってゆく。その弥生の願いに幕を下ろすのは、「おひなさま、片付けなきゃ」という母の言葉だ。女の節句である〝ひなまつり〟が、少女の内面を写しだす舞台として、これほどうまく使われた小説はあるまい。あまりの切なさに思わず目頭を押えてしまった。〝泣かせの浅田次郎〟の本領を発揮している。

　いよいよ最後は、問題の「薔薇盗人」である。問題と表現したのは、冒頭で紹介した「三島由紀夫への嫌がらせみたいな小説で（笑）。」という意味深な発言が何を指しているのか、気になるところだからだ。

　物語は、

《親愛なるダディと、ぼくの大好きなメイ・プリンセス号へ。

　お元気ですか、キャプテン。》

といった、少年が世界一周の航海に出ているキャプテンである父に綴《つづ》った手紙で幕を開ける。「薔薇盗人」の特徴はこの手紙に重大な仕掛けが施されているところにある。それは、少年が父に綴った日常のさりげないスケッチのなかに、薔薇の優雅な美しさに包まれた母の背徳の匂《にお》いを漂わせる、という凝った構成がとられているからだ。さて、そこで三島との関連について個人的な見解を述べれば、まず〝薔薇〟であるが、これは、三島が自身の肖像を『薔薇刑』という写真集に撮らせていることを意識したものであろう。

『薔薇刑』が作家たることへの刑罰を象徴したものであるとすれば、冒頭で紹介した自衛隊入隊の動機とクロスすることになる。作者は「小説家すなわち三島」への関心が、その動機であったと語っている。すなわち、作者は三島が作家たることへの刑罰とした残酷な棘《とげ》のある薔薇を、背徳の象徴として使って見せたのである。

物語の内容としては、『午後の曳航《えいこう》』を意識したものであることは明らかだ。『午後の曳航』のストーリーは次のようなものである。海とその栄光に魅《み》せられた六人の少年は、海の魅力を体現しているかに見える二等航海士が航海士を辞め、陸に上がったのを知って裏切られた気持ちになる。少年たちは、彼の純粋さを永遠に保存するために、その船乗りを処刑する。このテーマをきわ立たせる伏線として、主人公である登の母と二等航海士の恋愛が配置され、その母の寝室を自分の部屋の机の抽斗《ひきだし》のうしろ側から登はのぞき見をするという条件が付されている。海に対する三島の永遠に変わらぬ憧憬《どうけい》を描いた、技巧的にもっとも完成された作品である。

作者は、この『午後の曳航』の、少年、母、船乗りという人間関係を、少年、父、母、担任の先生という設定に置き換え、少年が憧憬の的である父に綴った幼い恋の報告のなかに、母の背徳という毒をひそませたのである。つまり、少年の父に対する憧憬が、純粋であるがゆえに、海の男の栄光を妻を寝取られた男という恥辱に塗り変えてしまう、という変奏こそ作者が三島に仕掛けた嫌がらせなのである。といっても文字どおりの嫌がらせではないことはわかってもらえよう。三島の死を、三島個人のものとして看過できなかった作者のみに許された至芸といえよう。

これら六つの異った作品世界で示す絶妙な語り口は、鮮やかな手妻を見ているようで、その術策にはまるのがなんとも心地良い。

（平成十五年二月、文芸評論家）

この作品は平成十二年八月新潮社より刊行された。

浅田次郎著

憑（つきがみ）神

別所彦四郎は、文武に秀でながら、出世に縁のない貧乏侍。つい、神頼みをしてみたが、あらわれたのは、神は神でも貧乏神だった！

浅田次郎著

五郎治殿御始末

廃刀令、廃藩置県、仇討ち禁止――。江戸から明治へ、己の始末をつけ、時代の垣根を乗り越えて生きてゆく侍たち。感涙の全6編。

浅田次郎著

夕映え天使

ふいにあらわれそして姿を消した天使のような女、時効直前の殺人犯を旅先で発見した定年目前の警官、人生の哀歓を描いた六短篇。

浅田次郎著

赤猫異聞

三人共に戻れば無罪、一人でも逃げれば全員死罪の条件で、火の手の迫る牢屋敷から解き放ちとなった訳ありの重罪人。傑作時代長編。

浅田次郎著

ブラックオアホワイト

スイス、パラオ、ジャイプール、北京、京都。バブルの夜に、エリート商社マンが虚実の狭間で見た悪夢と美しい夢。渾身の長編小説。

浅田次郎著

母の待つ里

四十年ぶりに里帰りした松永。だが、周囲の景色も年老いた母の姿も、彼には見覚えがなかった……。家族とふるさとを描く感動長編。

三島由紀夫著
春の雪
(豊饒の海・第一巻)

大正の貴族社会を舞台に、侯爵家の若き嫡子と美貌の伯爵家令嬢のついに結ばれることのない悲劇的な恋を、優雅絢爛たる筆に描く。

三島由紀夫著
手長姫　英霊の声
—1938-1966—

一九三八年の初の小説から一九六六年の「英霊の声」まで、多彩な短篇が映しだす時代の翳、日本人の顔。新潮文庫初収録の九篇。

三島由紀夫著
花ざかりの森・憂国

十六歳の時の処女作「花ざかりの森」以来、巧みな手法と完成されたスタイルを駆使して、確固たる世界を築いてきた著者の自選短編集。

川端康成著
眠れる美女
毎日出版文化賞受賞

前後不覚に眠る裸形の美女を横たえ、周囲に真紅のビロードをめぐらす一室は、老人たちの秘密の逸楽の館であった——表題作等3編。

川端康成著
山の音

62歳、老いらくの恋。だがその相手は、息子の嫁だった——。変わりゆく家族の姿を描き、戦後日本文学の最高峰と評された傑作長編。

川端康成著
千羽鶴

亡き父のかつての愛人と、愛人の娘と、美しき令嬢……時代を超えて受け継がれていく茶器と、それを扱う人間たちの愛と哀しみの物語。

佐藤多佳子著
しゃべれども しゃべれども
頑固でめっぽう気が短い。おまけに女の気持ちにゃとんと疎い。この俺に話し方を教えろって？「読後いい人になってる」率100％小説。

佐藤多佳子著
サマータイム
友情、って呼ぶにはためらいがある。だから、眩しくて大切な、あの夏。広一くんとぼくと佳奈。セカイを知り始める一瞬を映した四篇。

井上ひさし著
父と暮せば
愛する者を原爆で失い、一人生き残った負い目で恋に対してかたくなな娘、彼女を励ます父。絶望を乗り越えて再生に向かう魂の物語。

井上ひさし著
ブンとフン
フン先生が書いた小説の主人公、神出鬼没の大泥棒ブンが小説から飛び出した。奔放な空想奇想が痛烈な諷刺と哄笑を生む処女長編。

井上ひさし著
吉里吉里人（上・中・下）
日本SF大賞・読売文学賞受賞
東北の一寒村が突如日本から分離独立した。大国日本の問題を鋭く撃つおかしくも感動的な新国家を言葉の魅力を満載して描く大作。

高村　薫著
黄金を抱いて翔べ
大阪の街に生きる男達が企んだ、大胆不敵な金塊強奪計画。銀行本店の鉄壁の防御システムは突破可能か？　絶賛を浴びたデビュー作。

吉村　昭著

彰義隊

皇族でありながら朝敵となった上野寛永寺山主の輪王寺宮能久親王。その数奇なる人生を通して江戸時代の終焉を描く畢生の歴史文学。

吉村　昭著

敵（かたきうち）討

江戸時代に美風として賞賛された敵討は、明治に入り一転して殺人罪に……時代の流れに抗しながら意志を貫く人びとの心情を描く。

吉村　昭著

戦艦武蔵

菊池寛賞受賞

帝国海軍の夢と野望を賭けた不沈の巨艦「武蔵」――その極秘の建造から壮絶な終焉まで、壮大なドラマの全貌を描いた記録文学の力作。

山本周五郎著

赤ひげ診療譚

貧しい者への深き愛情から〝赤ひげ〟と慕われる、小石川養生所の新出去定。見習医師との魂のふれあいを描く医療小説の最高傑作。

山本周五郎著

日本婦道記

厳しい武家の定めの中で、愛する人のために生き抜いた女性たちの清々しいまでの強靭さと、凛然たる美しさや哀しさが溢れる31編。

山本周五郎著

青べか物語

うらぶれた漁師町・浦粕に住み着いた私はボロ舟「青べか」を買わされた――。狡猾だが世話好きの愛すべき人々を描く自伝的小説。

藤沢周平著
本所しぐれ町物語
川や掘割からふと水が匂う江戸庶民の町……。表通りの商人や裏通りの職人など市井の人々の微妙な心の揺れを味わい深く描く連作長編。

藤沢周平著
用心棒日月抄
故あって人を斬り脱藩、刺客に追われながらの用心棒稼業。が、巷間を騒がす赤穂浪人の動きが又八郎の請負う仕事にも深い影を……。

藤沢周平著
義民が駆ける
突如命じられた三方国替え。荘内藩主・酒井家累世の恩に報いるため、百姓は命を賭けて江戸を目指す。天保義民事件を描く歴史長編。

池波正太郎著
俠　客（上・下）
「お若えの、お待ちなせえやし」の幡随院長兵衛とはどんな人物だったのか——旗本水野十郎左衛門との宿命的な対決を通して描く。

池波正太郎著
堀部安兵衛（上・下）
因果に鍛えられ、運命に磨かれ、「高田の馬場の決闘」と「忠臣蔵」の二大事件を疾けた赤穂義士随一の名物男の、痛快無比な一代記。

池波正太郎著
原っぱ
旧作の再上演を依頼された初老の劇作家の心の動きと重ねあわせながら、滅びゆく東京の街への惜別の思いを謳った話題の現代小説。

新潮文庫最新刊

帚木蓬生著　花散る里の病棟

町医者こそが医師という職業の集大成なのだ――。医家四代、百年にわたる開業医の戦いと誇りを、抒情豊かに描く大河小説の傑作。

藤ノ木優著　あしたの名医2　―天才医師の帰還―

腹腔鏡界の革命児・海崎栄介が着任。彼を加えたチームが迎えるのは危機的な状況に陥った妊婦――。傑作医学エンターテインメント。

貫井徳郎著　邯鄲の島遥かなり（中）

男子普通選挙が行われ、島に富をもたらす一橋産業が興隆を誇るなか、平和な島にも戦争が影を落としはじめていた。波乱の第二巻。

一條次郎著　チェレンコフの眠り

飼い主のマフィアのボスを喪ったヒョウアザラシのヒョーは、荒廃した世界を漂流する。愛おしいほど不条理で、悲哀に満ちた物語。

矢樹純著　血腐れ

妹の唇に触れる亡き夫。縁切り神社の血なまぐさい儀式。苦悩する母に近づいてきた女。戦慄と衝撃のホラー・ミステリー短編集。

J・グリシャム　白石朗訳　告発者（上・下）

内部告発者の正体をマフィアに知られる前に、調査官レイシーは真相にたどり着けるか!? 全米を夢中にさせた緊迫の司法サスペンス。

新潮文庫最新刊

大西康之著
起業の天才！
―江副浩正 8兆円企業リクルートをつくった男―
インターネット時代を予見した天才は、なぜ闇に葬られたのか。戦後最大の疑獄「リクルート事件」江副浩正の真実を描く傑作評伝。

永田和宏著
あの胸が岬のように遠かった
―河野裕子との青春―
歌人河野裕子の没後、発見された膨大な手紙と日記。そこには二人の男性の間で揺れ動く切ない恋心が綴られていた。感涙の愛の物語。

徳井健太著
敗北からの芸人論
芸人たちはいかにしてどん底から這い上がったのか。誰よりも敗北を重ねた芸人が、挫折を知る全ての人に贈る熱きお笑いエッセイ！

J.ウェブスター
三角和代訳
おちゃめなパティ
世界中の少女が愛した、はちゃめちゃで魅力的な女の子パティ。『あしながおじさん』の著者ウェブスターによるもうひとつの代表作。

L.M.オルコット
小山太一訳
若草物語
わたしたちはわたしたちらしく生きたい――。メグ、ジョー、ベス、エイミーの四姉妹の愛と絆を描いた永遠の名作。新訳決定版。

森晶麿著
名探偵の顔が良い
―天草茅夢のジャンクな事件簿―
事件に巻き込まれた私を助けてくれたのは〝愛しの推し〟でした。ミステリ×ジャンク飯×推し活のハイカロリーエンタメ誕生！

薔《ば》薇《ら》盗《ぬす》人《びと》

新潮文庫　あ－47－1

平成十五年四月一日発行
令和六年十一月十日十六刷

著者　浅《あさ》田《だ》次《じ》郎《ろう》

発行者　佐藤隆信

発行所　株式会社新潮社

郵便番号　一六二―八七一一
東京都新宿区矢来町七一
電話 編集部（〇三）三二六六―五四四〇
電話 読者係（〇三）三二六六―五一一一
https://www.shinchosha.co.jp

価格はカバーに表示してあります。

乱丁・落丁本は、ご面倒ですが小社読者係宛ご送付ください。送料小社負担にてお取替えいたします。

印刷・大日本印刷株式会社　製本・加藤製本株式会社
© Jiro Asada 2000 Printed in Japan
ISBN978-4-10-101921-5 C0193